全民微阅读系列

1989年的春节

YIJIUBAJIU NIAN DE CHUNJIE

陈树茂 著

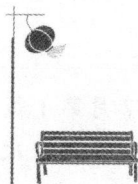

江西高校出版社
JIANGXI UNIVERSITIES AND COLLEGES PRESS

图书在版编目（CIP）数据

1989 年的春节 / 陈树茂著 . — 南昌：江西高校出版社，2017.7

（全民微阅读系列）

ISBN 978-7-5493-5833-5

Ⅰ . ①1… Ⅱ . ①陈… Ⅲ . ①小小说 — 小说集 — 中国 — 当代 Ⅳ . ①I247.82

中国版本图书馆 CIP 数据核字（2017）第 175432 号

出 版 发 行	江西高校出版社
社 址	江西省南昌市洪都北大道 96 号
总编室电话	(0791)88504319
销 售 电 话	(0791)88592590
网 址	www.juacp.com
印 刷	北京一鑫印务有限责任公司
经 销	全国新华书店
开 本	700mm×1000mm　1/16
印 张	13.25
字 数	149 千字
版 次	2017 年 7 月第 1 版
	2020 年 7 月第 2 次印刷
书 号	ISBN 978-7-5493-5833-5
定 价	36.00 元

赣版权登字-07-2017-859

日益崛起的岭南小小说
——《岭南小小说文丛》总序

杨晓敏

近年来,岭南小小说在申平、刘海涛、雪弟、夏阳、许锋等人的大力倡导下,涌现出一批又一批的小小说热爱者,他们中间有成熟作家、评论家,也有后起新秀,他们的写作或深刻老道或清浅稚嫩,却无一不表现出一种蓬勃向上的喜人态势。今天的岭南小小说也可说春光旖旎,风光无限,老枝新叶,次第绽放新颜。《岭南小小说文丛》这套丛书,可谓近年来岭南小小说创作的一次集体大检阅,名家新锐,聚于一堂。入选的众多作家,来自不同的行业领域,对生活与艺术有着各自的观察切入点和表现力,其作品自然各具特色、各臻其妙。

广东已成为全国小小说创作强省之一:2010年在惠州创建"中国小小说创作基地";2013年打造"钟宣杯"全国优秀小小说"双刊奖";2012年著名作家申平先生被聘为《小说选刊》小小说栏目特约责任编辑,同年,惠州学院文学与传媒学院成立了小小说创作研究中心;2016年成立了广东省小小说学会,还有广州、佛山、东莞等地活跃的小小说学会等。一些有能力、有责任感的小小说倡导者,逐步健全组织机构,发展壮大队伍,坚持定期举办笔会,推新人、编选集、搞联谊、设奖项。这些举措不断激励着广大写作者的创作热情,绩效卓异,引起了全省乃至全国更大范围的关注,引领出了一支数以百计的小小说作家队伍。这支队伍先后出版小小说作品集和理论著作数百部,涌现出申平、刘海涛、韩英、林荣芝、何百源、夏阳、雪弟、许锋、韦名、朱耀华、吕啸天、李济超、肖建国、海华、石磊、陈凤群、陈树龙、陈树茂、阿社等一大批在全省、全国产生影响的小小说作家、评论家,先后荣获小小说领域最高荣誉"金麻雀奖"以及"蒲松龄微型文学奖""全国小小说优秀作品奖""冰心儿童图书奖"等,并且获得"小小说事业推动奖""小小说星座""明日之星"等荣誉称号。《头羊》《草龙》《记忆力》《捕鱼者说》《马不停蹄的忧伤》《蚂蚁蚂蚁》《爷父子》《最佳人选》等不少作品被选入各类精华本、语文教材以及译至海外,成为广大读者耳熟能详的精品佳作。

能把故事尤其是传奇故事讲得一波三折、九曲回肠、跌宕起伏又不纯粹猎奇,不能不说是写作者赢得读者青睐的一种有效手段,事实上有不少小小说写作者都因此而取得成功。广东的小小说领军人物申平深谙此道。近些年在南方的生活打拼,使他对文学的理解愈加成熟。他说,故事与小说的差异在于,前者是为了故事而故事,后者是故事后面有故事——回味无穷。现实生活中会有不同的故事,而要成为小说,则需要作家在生活中提干货、取精华,在故事这个"庙"里,适当造出一个"神"来。我以为作者所说的这个"神",实际上就是文章的"立意"。这是作家从创作实践中悟出的真知灼见。申平是国内著名小小说作家,作品诙谐幽默,主题深刻,特别在动物小小说创作方面独树一帜,深受读者好评。此次申平推出了自己 2012 年至 2016 年期间发表的作品精选,这 80 篇作品可以清晰地看到作者这几年的思考和跨越,"头羊"一下子变成了"一匹有思想的马"。

当代小小说领域的写作者云集如蚁，此起彼伏，亦如生活中，各色人等各领风骚。关于人生，关于文学，关于小小说，夏阳曾写下了自己的理解。他说："小小说首先是一门艺术。语言的精准，具有画面感的场景，独到的叙述手法，极具匠心的谋篇布局，加上恰到好处的留白，方寸之地，凸显小小说的大智慧。"夏阳在出道极短的时间里，以文质兼具的写作，进入一流作者的方阵，细究起来答案其实简单——不懈的读书思考和丰富的生活阅历，直接关乎写作者的人格养成。耿介而不追名逐利，不媚俗并拒绝投机主义，使夏阳在庞杂的小小说作家队伍中更显得言行坦荡，特立独行。夏阳的《寂寞在唱歌》，精选了 45 篇作品，用音乐点燃小小说，用小小说诠释音乐，可谓别出心裁，意在创新。该书质量整齐，笔法老道，人物描写细腻，是一部有艺术特色的小小说作品集。

《海殇》是李济超的又一本作品结集，内容大致分为"官场幽默讽刺、社会真善美、两性情感"三类。李济超刻画人物入木三分，把普通而有特殊意味的人和生活巧妙地奉于读者面前，引导读者在阅读中沉思，在沉思中感知生活。他常将官场比作战场，撇开危言耸听之嫌，官场上不仅要有斗智斗勇的应变能力，还要有百毒不侵的强健心智才行。李济超的官场作品，似乎和"领导"较上了劲：《千万别替领导买单》的弄巧成拙，《白送领导一次礼》的功利认知，《不给领导台阶下》的误打误撞，无不说明了领导在其官场作品中难以撼动的堡垒地位。《今天是个好日子》更是将领导的官场伎俩表现得淋漓尽致。有很多作家热衷官场题材的写作，且以揭露、讽刺为侧重点，此类题材能成为写作热门，绝非因官场文章好做，而是耳闻目睹，有话可说。

幽默是一种智慧，既能兼顾严肃的主题，又能令情节妙趣横生。海华的小小说中,常常体现出这种幽默风格,此次他推出的《最佳人选》风格亦然。比如其中的小小说《批判会》,虽然写的是特殊年代的一件司空见惯之事,却寄寓深远,读罢令人浮想联翩。海华善于一语双关,旁逸斜出。其作品语言紧贴人物,诙谐幽默,绵里藏针,极有生活气息。旺叔和七叔公两个人物形象刻画尤为成功。二人巧于周旋,挥洒自如,化解矛盾于无形,大庭广众之下,宛若上演了一出滑稽剧,既捍卫了村民的权利,又对社会生活中的不正常现象进行了淋漓尽致的抨击,是一篇幽默而不失含蓄的批判现实问题的作品。《最佳人选》所选作品,既有机关生活的展示,亦有市井生活的描绘,注重思想性,选材独特,文笔犀利,可读性强。

陈树龙专职从事空调行业二十多年,与民众多有交道,丰富的生活阅历使他的作品贴近生活本色。他善于将问题隐于深处,以轻松调侃的姿态开掘出来,读来生活情趣盎然。《顺风车》中的作品幽默诙谐,其中的《藏》可谓滴水映日,以小见大。阿六担心老婆戴着金首饰旅游不安全,让其藏匿于家,可是藏在家中哪里却成了一个棘手的问题,即便是自己的家,也未必是安全所在,还要提防小偷不请自来,于是揣摩小偷思维的反心理战术开始了。老婆准备将金首饰藏匿于衣柜、床垫、书房、米桶等等的惯常思路被阿六一一否定,畅想有个保险箱也被阿六调侃是"此地无银三百两"的愚蠢做法。老婆气恼先去拦的士,阿六藏匿好首饰,甚至打开了电视和灯光唱起了空城计,谁知却被再度返回的老婆无意中破解了。于此有了结尾处滑稽的一幕,阿六自认为天才小偷也找不到藏匿于垃圾桶垃圾袋中的首饰,却被老婆临走时顺手丢了。阅读至此,让人在哑然失笑之余,不免陷入对生存环境的思索。任何文学作品都要根植于现实生活的土壤中,小小说也不例外。每一篇作品就像一粒种子,埋藏在作者生活阅历及情感的不同节点,点点滴滴的生命感受一旦萌芽,或喜或悲的命运都会长成一棵开花的树。

陈树茂的小小说《1989年的春节》讲述了一个家庭的生活节点,同时也是这个家庭中每一个人的生命节点。这一年无疑是这个家庭最困难的一年,家中修建祖屋欠债难还,以致年三十的团圆饭都没有荤腥,父亲没有出门和牌友小乐,母亲冒雨挨个给借钱的亲朋好友送菜,希望过年期间不要来讨债,大哥考上大学发愁学费,大姐顾念家庭要求辍学,小妹尚小闹着要吃肉,而"我"偷偷切块祭拜祖先的卤肉给了小妹,看着母亲因为淋雨高烧、看着父亲偷偷抹泪却束手无策。这一年的年三十,对于这个家庭中的每一个人,都是苦不堪言的情感记忆,宛若一个心结难以解开,让人读之不禁为其忧伤:这一大家人的明天在哪里? 雨停了天晴了,并不代表所有的困难不复存在了,可是作者就这么轻描淡写化解了,每一个人对未来依然心怀希望,一个家庭对未来依然抱有坚定不移的美好憧憬。父亲母亲对于苦难的隐忍倒在其次,乐观的生活态度才是影响孩子精神生活的支点。作品也因为这神奇的一笔,一扫全篇的阴霾压抑气氛,字里行间透着丝丝缕缕的暖阳。该书以家庭传统题材、另类服务系列、徐三系列及工地、社会题材为主,直面剖析社会现象和人性问题。

阿社属于年轻一代的实力派作家。《英雄寂寞》入选作品较全面反映了作者近年来的创作成就和艺术风格。其作品生动传神,寓教于乐,在轻松的阅读中给人以美的享受。时下,系列写作逐渐成为诸多作者选择的一个创作方向,以此架构一个具有自我标识性的文学属地。游迹于庞杂社会,或名或利的诱惑,人自然难以免俗,于是阿社的《包装时代》应运而生了。包装什么? 名誉、头衔、身份等等，只要你想到的都可以有，甚至你没想到的也可以有。作品以人物的各种生活需求、社会需求、人生需求为线索，对主人公实施了一系列的改头换面行为，成功地将老师被包装成了大师。显然，包装师擅长攻心术，他深谙人们的欲望和浮夸心理，加上巧舌如簧，不仅利用包装身份满足了人物的虚荣心，还让其人性继续膨胀到不可一世，读来触目惊心。阿社的包装系列可谓琳琅满目，写实不失荒诞，揭示直抵人性。生活无小事，处处皆民生。

官场题材是陈耀宗创作的侧重点，《寻找嘴巴》中形形色色的官场人物活灵活现，语言或犀利或诙谐或调侃，但是归根结底还是在探究官场的生存法则，无外乎描绘官场为人处世的谨小慎微，甚至扭曲的生存心态。人际关系历来都是官场交流中不可避免的焦点，《人前人后》化繁就简，三人为例，集中展示了一个办公室中明争暗斗的有趣一幕。科长、科员甲、科员乙都是笔杆子，时有文章刊发，闲来两两互评，阿谀奉承乃至互相褒奖，而不在场的第三人就无辜中枪了。互损的结果只有两败俱伤，只不过大家已经习惯了这种官场游戏，人前人后，倒是彼此相安无事。"后来，好像什么事情也没有发生过，三支笔杆子似以往那样，两两对答着。一到三人都在一起，就不晓得说什么才好。"作者深谙官场生态体系，娓娓道来不失诙谐成分，讽人前的道貌岸然，嘲人后的阴暗猥琐，宛若上演了一出新时代的官场现形记。

胡玲是惠州市的小小说新秀，她的《心花朵朵》，是其几年来创作的结晶。该书细腻地描绘出人性的种种形状，开掘着人性的丰富内涵，用阳光的心态传达积极健康的能量，以接地气的文字书写社会底层小人物，如农民工、小贩、司机、临时工、保姆等，描写他们的生存之痛，他们的窘状、尴尬、困扰与快乐。胡玲还善于挖掘人性背后的束缚甚至异变,发现人的弱小和缺陷,以不同的文学视角写出"完美人物"的与众不同之处。比如《英雄之死》便是这个大背景下诞生的一篇作品,它意在警惕和呼唤:人,最终要成为"人",而避免成为某些先入为主的观念的祭品。

在这次出版的《岭南小小说文丛》中,还有一卷要引起我们特别的注意,那就是《桃花流水鳜鱼肥——惠州市小小说 10 年精选》。这本由著名小小说评论家雪弟主编的作品集,收入了惠州市小小说作家的 63 篇精品力作,可以看作是"惠州小小说现象"的最好诠释。雪弟先生对广东小小说事业的不懈推动,值得尊敬。

《岭南小小说文丛》的出版,一定会成为 2017 年全国小小说领域的大事之一,也是一件值得广大小小说读者期待的事情。

是为序。

(作者系河南省作协副主席,中国小小说事业的倡导者、组织者,著名评论家)

目录

1989 年的春节

我问大哥,还记得 1989 年的春节吗?

大哥感叹一声,怎么会不记得。那年,我考上大学,家里刚好修建祖屋,又欠下一屁股债。那年,是我们家最困难的一年,我从来没有见过老爸那么憔悴过。以前,每到大年三十晚上,老爸都会出去玩玩纸牌,图个开心,不管输了或是赢了,都会在十一点半前回来,和我们两兄弟放开门炮。放完开门炮,老爸都会说说今晚的运气怎样,今年的年运怎样,我们都会在拜完祖先后,吃点斋菜再睡觉,期待一觉醒来穿新衣服。但是,那年三十,老爸没有出去玩纸牌,而是给我们几兄弟姐妹派完压岁钱后,自己早早睡觉去了。我开始以为老爸累了,那年老爸确实也累了,为了修建祖屋,本来自己没有积蓄的,向亲朋好友借了不少钱,刚好我那年考上大学也需要不少钱,一向性格开朗的老爸,竟然变得有点沉默寡言了。老爸累了一年,早点休息也正常,但是后来我才知道,那晚老爸身上只剩二十块钱。说到这里,大哥忍不住掉了眼泪。就是那晚,我才开始懂得,一家之主的难处,也是那晚,我才真正长大。

我问大姐,还记得 1989 年的春节吗?

大姐还没说,就开始抽泣起来。那年,我读初三,本来我还想继续读高中的,或能考上大学,或许能和你们一样在大城市工作的。但,就是那年三十晚上,我就决定不考高中了,出来打工帮忙家里还债。大姐言语中没有半点怨恨。那晚,老妈出去卖菜很晚才回来,老妈说,那天的菠菜很好卖,她卖完一担菜后,又赶到菜地割了一担,然后向借给我们家钱的亲朋好友挨家挨户送菠菜去,希望他们过年期间不要来讨债。那晚,外面下蒙蒙细雨,老妈淋湿了全身,但她还没有忘记帮我们几兄弟姐妹买新衣服,新衣服用塑料袋包裹着,放在她被雨水打湿的菜筐里。老妈一人一件分给我们。后来,我才知道,那晚老妈还发高烧,但她没有和任何人说,包括老爸,她怕老爸知道要去开药。她就这样挺过来了。这些话,大姐说到一半,就已经哭成了泪人。

我问小妹,你还记得 1989 年的春节吗?

小妹说,大概记得吧。就是那年,大哥第一次说他不用买新衣服。大姐说她不读高中了,还被老爸打了一顿。我记得,那年团圆饭,桌上没有鱼肉,只有青菜,我还哭着说,没有肉,不吃饭了,后来是你偷偷给我拿来一碗卤肉饭,我才吃的。我后来才知道,我们家那年没有钱,买不起鱼和肉,我一直不知道你那碗肉怎么来的? 从那年开始,我们每年的压岁钱都全部交给老妈,作为来年的学费。我现在也是这么要求自己的小孩的。

1989 年的春节,我记忆中是细雨蒙蒙的。

那年三十晚上,大哥强忍住泪水说,他不要新衣服。大姐因为不想考高中被打了一顿,哭了一场。小妹因为没肉,哭闹着不吃饭。妈妈淋湿了,还发高烧,我知道了,她还叫我不要告诉其他人,尤其是爸爸。爸爸奔跑了一天,吃完饭,早早就去休息了,我看到老爸在床上偷偷擦眼泪。

小妹一直追问,那晚的卤肉哪里来的? 我没告诉她,那是我家唯一准备祭拜祖先的卤肉,我偷偷切了一小块。千万不能让爸妈知道,那对祖先可是大不敬哦。

雨从年三十一直下到初一早上。大年初一早上醒来,我们几个兄弟姐妹还是照常穿上新衣服。老妈照常对我们说,大年初一遇到人要说好话哦。老爸还像往年一样鼓励我们,今年我们的家运不错呢。

　　初一早上,雨停了。太阳出来了,照在我们新搬的房子上格外耀眼。

专　家

晓玲师专毕业那年,分配到一间普通中学教英语。刚踏上教坛的她,第一天上课,准备了整整一节课的讲义,没想到半节课就讲完了,下半节课不知所措,学生一下子闹哄哄的。她一下涨得脸通红,又不敢正面看学生,她眼睛一瞥门外,看到校长经过教室。

下了课,校长找她谈话,说有一个教育专家要来学校基层调研,校长决定让他到晓玲的班级。晓玲很紧张地说,我刚来没经验,怕讲得不好对学校影响不好吧。校长意味深长地说,相信自己,只要你尽力去做,一定行的。

当晚,晓玲用了几个小时准备第二天的教义,还在家里演习了几遍,直到家人说满意,才去休息。第二天,她早早起床,又将讲义演习了一遍,才踏着单车去学校。

上课前,她看到最后一排坐着一个戴眼镜的老人,他很认真地摊开笔记本。上课了,晓玲感觉自己比昨天还紧张,突然,她看到那位老人正对她微笑地点头,她也回以微笑。也许是老人的微笑鼓励了她,她觉得自己没刚才那么紧张了,接下来的一切进行得很顺利。当晓玲滔滔不绝地讲课时,她发现下面的学生都听得很投入,包括那位教育专家,她有一种从未有过的成就感。下课的时候,她发现老人离开了。

校长告诉晓玲,专家很满意,说刚刚毕业的女老师有这种教

学水平不错,要她继续努力。晓玲听完校长的话很振奋,心里暗暗想,一定要好好努力,不能让学校丢脸。回到家里,她又用了几个小时准备第二天的教义,在家里又演习了几遍,直到自己满意。

接下来的几个星期,专家每天都来听晓玲的课,每当她讲到一个段落,专家都会意地点点头,还不时做做笔记,这使她有信心继续讲下去,学生们也听得很认真。后来,专家会每周不定期地来听一次课,晓玲依然认真地准备教义,在家里演习到自己满意才休息。

期末考试了,晓玲的班级英语平均分全年级第一名,那年她获得了学校"优秀教师"的荣誉。接下来的几年,专家依然会每月不定期地来听晓玲的课。校长说,专家对晓玲的教学方法很感兴趣,想做一个长期的跟踪调研。

在专家听课的监督下,晓玲不断地改进自己的教学方法,还总结了自己几年来的教学经验,写成论文在教育期刊上发表,在教育界引起了很大的回响。在校长的推荐下,晓玲的教学经验在全校内推广。

那年,晓玲获得了市先进教育工作者,其他学校的教师经常来听她的课。她发现专家已经好几个月没来听她课了,心里有一种忽得忽失的感觉。她开始埋怨自己,这么多年连专家的名字也不知道,只记得校长说他姓刘。

这一天,晓玲终于忍不住找了校长,把自己的本意告诉校长,说要好好感谢专家,是他的鼓励使她有了今天的成就。

校长笑着告诉她,那老人不是什么教育专家,是校长小学时的退休老师,他知道很多新老师上课缺乏自信,所以才假扮成专家来听课的,还要晓玲保密。

晓玲经过教学楼时，看到"专家"在一个教室听一位新老师讲课，还不时点点头，做做笔记。望着老人认真的样子，晓玲忍不住热泪掉了下来，她真想过去叫他一声"专家"。

理发师长毛

长毛是一个理发师。三年来,我都找他剪发。

我认识长毛时,他刚到一家发廊干活。我开始找他剪发,不是他的技术好,而是他的服务态度。长毛第一次帮我剪完头发后,细心地帮我戴上眼镜,然后拿出一面镜子,给我看看剪发的效果,耐心地让我提提意见,还问我要不要再修修。我本是一个对发型很讲究的人,面对他的耐心服务,我第一次感到满意。

之后,我每次到那间发廊,都会找他剪发。我慢慢发现,找他剪发的人越来越多了。他从无人问津,到要排队等待了。我每次进门,他都会很客气地和我打招呼,老板,你好! 当我洗完头,排队等着剪发时,他会向我表示歉意地说,老板,不好意思,最近熟客多,请等一下,马上就剪好,先看看报纸吧。他脸上始终带着笑容。

有一次,我很晚才到那间发廊。长毛已在收拾工具,准备下班,见到我进来,很客气地说,老板,这么晚才来剪发啊? 我笑笑说,今天有事回来晚了,赶着明天出差前剪发,你要下班了吧?

没事,还早呢,我帮你剪个靓靓的发型,洗头的下班了,只能我帮你洗了,长毛说着,开始帮我洗头。洗完头,他开始细心地帮我剪发。我看看挂钟,已经凌晨两点半了。

我见长毛好像很疲惫的样子,主动找他聊聊天。我问,每天这样站着剪发很累吧? 长毛笑笑说,只要能帮顾客剪好发型,我就很开心。他还说，外地人在这找一份工不容易，苦点累点也无所谓。我听了，连连赞他能吃苦。剪完发已很晚，他还是惯例拿出镜子让我看看效果，还客气地问我要不要再修修。我感觉那晚的发型是他剪得最好的。

经过一两年的交往，我和长毛慢慢熟悉了，我会挑他空闲的时间过去剪发。他依然很客气，笑容可掬。有一次，我去剪发，发现长毛不在，他的位置被一个小伙顶替了。我问老板娘，长毛去哪里了？老板娘没好声气地说，他不在这里干了，不知道死到哪儿去了！长毛走后，发廊生意差了很多，难怪老板娘发这么大火。那天，另一个师傅给我剪发，我怎么看那发型，总觉得不顺眼。

一次，我问刘师傅，长毛干得好好的，怎么会离开？刘师傅小声地说，长毛干了两年，老板娘没涨一分钱工资……说了一半，刘师傅停住了。我在镜子里看到凶巴巴的老板娘回来了，心里想，长毛，你去哪里了？

一天，我下班回家。在路上，我看到一个留着长头发的男子背影，很像长毛，便忍不住叫他。他一转身，正是长毛。长毛说，离开那间发廊后，我回老家几个月，这两年自己存了点钱，准备开一间发廊。他指着前方一间在装修的铺面。我鼓励他说，好好干，我一定会来捧场的。

那几天，我经过长毛那间装修的发廊，都会留意一下。发廊面积不大，大约二三十平方米，装修比较简朴。刚开始没生意，长毛有点失意，我鼓励他，不要急，慢慢会好起来的。

之后每个月，我都会到长毛发廊去剪发。长毛虽当了老板，我还是让他帮我剪发。他还是很热情，笑容依然。长毛告诉我，现在生意已经慢慢好起来了，很多以前的熟客来捧场，前几天，原来的老板娘还带了一帮人来找茬，说他抢走了客人，还好当时有一个派出所的熟客在剪发，才没有闹事。

上次，我去剪发时，长毛指着收银台的女孩对我说，那个是我女朋友，我们快要结婚了。我连连说，恭喜啊！我发现发廊的生意已经很红火，剪发的人开始要排队了。

我一直没有告诉长毛，其实这一年来，我已经搬去别处了，每次过来剪发都要打三十多块钱的士。

再见长毛

再次见到长毛，是在上个月。

他完全没有了以前的意气风发，头发更长，胡子拉碴，穿着睡衣，双眼朦胧。我是凭感觉，在他背面叫了一声长毛。他有些诧异，好像已经好久没有人理睬他一样。

他看到是我，不好意思低下头，小声说，您……好。

我真不敢相信他会变成这样，关切问，你怎么啦？怎么会这样？你的发廊呢？

在一间糖水店里，长毛向我细细倾诉。我开始经营发廊，生意还过得去，后来周围的发廊越来越多，而且有的发廊有色情按摩。发廊的生意越来越差，最后到了无法还租金的地步，我老婆也整天骂我，说为什么不像其他店一样搞按摩可以多赚点钱。我开始还坚持正规剪发，后来也动心了，搞起按摩，生意慢慢有了起色。但好景不长，警察三天两头来查，还被查封了一次，找熟人花了一万多块钱才搞定的。我很疑惑，为啥别的发廊没人去查。我不敢再搞按摩，最后发廊仍经营不下去，还欠了一屁股债。我老婆也跑了，留下一个女儿，我带了一个月，没办法就把她送回老家了。

长毛一把鼻涕一把泪讲完他的故事。他不好意思地问，能再叫一碗糖水吗？我午饭还没吃呢。

我点点头，再叫了一碗，问他，你可以再去打工，起码你还是个大师傅呢。

他摇摇头说，附近的发廊都不肯请我，估计是害怕我知道他们经营的内幕。

我感叹说，你有没试试到别的地方去应聘？或找朋友老乡帮忙介绍？

他叹了一口气，说，以前那些朋友，个个都是势利的，我开发廊一失败，他们像躲瘟神一样躲着我，不然我也不至于这样。

我无奈地说，我小区附近有一家发廊经营还不错，前几天还看到在招聘师傅，我帮你问问看，到时再联系吧。

他很感激说，谢谢，谢谢。

离开时，我留给他一百块钱，还互留了手机号码。

两天后，我约了长毛在小区门口见面，要去找发廊老板面试。等了半天不见他来，我很焦急，打电话给他，不通，发信息给他，没回复。再等了几个小时，还不见他过来，我有些灰心，我怀疑自己是不是一厢情愿，或者他只是临时编个故事骗我。我开始笑自己，为一个毫不相干的人，白折腾了一番，最后他竟然不领情。回到家里，老婆笑我，你就是那么容易上当的人。我只能笑笑，假装没事。

晚上十点多，我忽然收到长毛发来的信息：老板，不好意思，今天追债的人怕我跑路，不让我走，还抢走我的手机，我花了很长时间才要回你的号码，明天上午我能过去应聘吗？

我马上回复他，可以，明天上午九点过来。我忍不住有些兴奋，到底还是没看错他。

第二天，长毛一早就来小区门口等我。我问他，这么早啊？他笑笑说，怕路上塞车提前出门，没想到八点就到了。我带他见了发廊老板，老板让他试了一下手艺，感觉很满意，试用一个月，试用期三千元,包吃住。长毛很开心,满口答应了。

我开始每天都到发廊去洗头,顺便看看长毛。我看到找他剪发的人越来越多了,暗暗为他高兴,是金子到哪里都会发亮。发廊老板告诉我,长毛很受顾客欢迎。我笑着说,没介绍错吧。

这个月,毛长正式被聘用。当晚,他请我吃消夜。两三杯啤酒下肚,话也多了。真是谢谢您,要不我真的会流落街头啊。要谢就感谢你自己,你身上有一种不服输的精神……

长毛喝多了,突然抱着我哭起来,说,你知道吗,那天追债的把我打得半死,还抢走我的手机,我拼了老命死死咬住一人的耳朵,他们才肯把电话卡还我,还扬言说,半年内不还钱,就要我一只手一只脚,我咬紧牙关说,就是卖血卖身我都会还的,但这半年内不要再打扰我。

我鼓励他说,只要肯干,没有过不去的坎,以后你还可以再开发廊的。

长毛已经哭成泪人,他继续说,那天我过来应聘,连搭车的钱都没有,我整整走了两个小时的路,脚趾都出血了。

夜深人静,我们俩都喝多了,鬼哭狼嚎般唱起赵传的《我是一只小小鸟》。

相　亲

老徐今年三十五六，依然单身一人，家里甚是焦急，大嫂二婶三姑四处帮他物色对象。

有一天，老徐告诉我，大嫂介绍一个本地的女孩给他认识，说是事业单位的，收入高，人长得清秀，约了今晚在西餐厅见面。

第二天，我问老徐，昨晚战绩如何，有无抱得美人归？

老徐一脸失望地问我，我是不是很老土？昨晚她妈也去了，我开始还以为是两姐妹，一见面，她妈就开始调查我个人资料，从我爷爷那一辈到我的侄子一辈都不放过，还重点问了我的身高体重，那怀疑的眼光在我身上扫来扫去，搞得我全身不舒服。待我将个人资料全盘回答完毕时，那女孩已经完成锯扒吃牛排任务，餐厅里的灯光太暗，我极力想看清楚她脸上有无雀斑，但看不清楚她，只记得她叫芳芳。当晚，大嫂电话里说，那女孩母亲嫌弃我太胖。我才一百六而已啊，还说我穿着老土，买单的时候钱包都没有一个。

之后，老徐每天早上五点多就起来跑步、打球，说是无论如何都要保持良好的身材，还约我到友谊商店从头到脚、从里到外，买了一身名牌，还有一个鳄鱼牌的钱包。

有一天，老徐告诉我，二婶介绍一个湖南妹子给他认识，说她性格开朗，人很贤惠。由于上次西餐厅惨痛的经历，老徐这次自己主动挑选在"湘菜馆"见面，还提前半小时到达，熟悉环境，先和菜馆老板搞好关系。

第二天,我问老徐,昨晚战绩如何,有无博得美人一笑?

这小妞够狠,迟到半个小时,还带了三个姐妹来。我想绅士风度一点,让她们点菜吧,没想到她们还真的狠,把菜馆最贵的菜全部都点上了。吓得我直冒汗,紧紧地抓着裤袋的钱包,心想刚刚取了一千块应该够了吧,点就点吧,当一次"水鱼"吧。点完菜还问我喝不喝酒,我说无所谓,无所谓就先来支92年的红酒吧。八八折买单一千一啊,大哥,半个月的工资啊,我点了一下现金不够,还好随身带了信用卡。第二天一早,我酒还没醒,二婶来电话,那女孩说我不善交际,不够大方,连酒都不会喝。喝了四瓶红酒还不够啊?最主要的是我普通话很不标准,广东味太浓了,以后语言沟通容易出现问题。

本着不断完善自我的原则,老徐每晚都练习喝一点红酒,并且积极出外应酬,早上坚持提前一小时起床练习普通话朗读。

有一天,老徐告诉我,三姑介绍一个女孩给他认识,说也是国企的,刚毕业没多久。鉴于前两次的惨败,这次老徐叫了三姑一起去,对方父母弟兄姐妹也都来了。见面会上,老徐扬长避短,穿着整齐,口若悬河,点粤菜,喝红酒,当晚的表现用一个字来形容就是:绝。对方父母不时露出满意的笑容,三姑也暗暗窃喜,看来这次有戏了。

第二天,我问老徐,昨晚战绩如何,有无看清楚对方?

对方父母说,条件这么好的男人,三十五六岁还不结婚,估计有问题。

1963 年的一丝温暖

大伯说,他刚到省城,一下车钱包就被偷了。1963 年的某天,也是如此。

大伯说,当年他才十几岁,第一次出远门到某市读技校。他刚一下车,就发现钱包不见了。当时,他急了,身上仅有的十五块钱不见了!他几乎要哭出来了,人生地不熟的,怎么办?他仔细检查了一下上学报到的证件,还好完好无缺。他探探头、望望四周,来来往往的人很多,大家都匆匆而过。他坐了一天车,肚子也开始咕咕叫了。他走出车站,向街口方向走去,肚子不听使唤,不时咕咕配合他的脚步节奏。过往的路人用奇怪的眼光看着他,他看看自己身上,没有异常,继续走路。

忽然,他看到街口处有一块牌子写着"××派出所"。当时,仿佛见到了大救星,就像大海的落水者见到小岛一样,那心情……简直是太兴奋了,大伯眼角泛着泪珠说。

大伯向警察说明了自己的情况,警察查看了他的证件。大家看着他,哈哈大笑起来,说,你怎么穿成这样来读书啊?当时,大伯赤着脚,上穿一件破蚊帐改缝的背心,下穿一条打着补丁的短内裤。

大伯眼眶红红的,眼泪忍不住掉了下来,不争气的肚子又一声声咕咕叫。警察感叹说,看来一定是穷苦人家的孩子。警察向派出所所长汇报了情况,大家凑了一块钱饭票和五块钱给大伯。

大伯接过钱和饭票，手忍不住颤抖，不停地说，谢谢，真是谢谢你们。有个人带他去街边买了两个包子。有人马上联系镇政府，还联系了技校，叫学校派人过来接他。

学校来人了，那人问警察，那学生呢？警察说，就在门口等。那人出门口看看，又进去问，不见那个学生。警察指着站在门口的大伯说，就是他。那人笑得眼泪都出来了，哈哈哈，那人是学生，我还没见过这样穿着的学生呢。大伯离开派出所时，仍不忘向警察挥手致敬。警察说，孩子，好好读书吧。大伯忍住眼泪点点头，嗯。

大伯说，当时已过中秋，天气已微微转凉，但我不觉得冷，反而感到了丝丝的温暖。

那人将大伯带到校长室。校长是个中年妇女，微微发胖，一脸慈祥。她一见大伯，就心痛说，哎呀，孩子，你怎么穿这种衣服来上学啊？你知道吗，你穿的是睡衣啊。女校长倒了一杯热水给他，说，孩子，冷了吧，赶紧喝点热水。接着又给大伯安排了住宿。女校长对接大伯的人说，老刘，你带他去买件衣服吧。她说完，想了想说，这样吧，刚好我也要去一下集市，我带他去买吧。

女校长牵着大伯的手去集市。大伯心想，我身上只有五块钱，家里的钱也不知道几时寄来，万一买了衣服没钱怎么办？但他见校长那么热心，也不好意思说出来。只见校长在集市东挑西拣，最后挑了一件圆领海军色衬衫和一条短裤。她掏出钱包付了钱，摸着大伯的头说，孩子，这套衣服送给你的，以后要好好读书哦。大伯忍不住满眶热泪说，谢谢。

大伯感叹说，那套衣服我保存了很多年，后来搬家才遗失了，人不能忘本啊。

十几天后，镇政府给大伯寄了二十块钱，家里也寄了十块钱。大伯凭着那三十五块钱，开始了他的少年求学道路。后来，大伯技校毕业后，作为政府培养的第一批技工，一直留在老家，参加家乡的渔业建设，先后供了我爸二叔三姑出外读书。

大伯说，今天真巧，钱包和身份证都被偷了，酒店也住不了，只能打扰你了。我急忙说，没关系，能听听你们老一辈讲讲旧事，也是一种享受。

当晚，我在一个高级酒店宴请大伯。大伯喝着红酒，娓娓讲起他自己的故事。我买单时，大伯问了一下多少钱。服务员说，八百八。大伯惊叹说，这么贵啊，在老家够一个月生活费，当年三十五块钱就够我一个学期的费用了。

2008 年的圣诞树

又到平安夜了。

她挺着大肚子，顶着寒风，独自走路回家。

大街两旁的商铺挂满彩带、彩灯，服务员戴着圣诞帽高喊着欢迎光临，到处播放着叮叮当当的圣诞歌。她路过英雄广场时，望着那棵高大的圣诞树，呆呆地站了几分钟，思绪一下回到以前快乐的时光。

圣诞树下，快乐的源泉，相聚的地方。他们相识于平安夜，相约年年共赏圣诞树。他们也选择了在平安夜注册登记。平安夜给他们带来太多美好的回忆，他们发誓一定好好记住这一天。

上午，她打电话给异地出差的他，他在电话那头匆匆忙忙说，那个工程标书出了点差错，今天要赶着修改，可能赶不回去了，最快也要明天才能回去。她感觉到了电话那头的匆忙，回了一句，哦，就挂了电话。本来，他承诺回来陪她和宝宝一起过平安夜的。

她收拾好心情，小心地走路，书上说，孕妈妈一定要调节好心情，以免影响胎儿正常发育。但她却控制不住自己的思绪，结婚前，父母曾对她说过，你要嫁给他，就要准备吃苦，你以后不要后悔。

她家庭环境好，衣食无忧，名校高才生，大学时不知道多少男生拜倒在她的石榴裙下，但她却一个都看不上眼。直到那个平安夜遇到他，她的人生选择才画上了最后的句点。周围的人都不看好他们的感情，但他们的关系却越牢固。今年，他晋升为经营部经理后，经常出差，陪她的时间也越来越少了。

买顶圣诞帽吧，路边的叫卖声打断了她的思绪。她避开人群，继续走路。她上班的地方离家只有三四个站远，大着肚子挤公交车不方便，她只能改步行。今晚本可以早点下班的，因为害怕一个人孤单过平安夜，她找了一个理由加班一个小时。

这时，她妈妈打电话过来，关心地问，宝宝怎样了，平安夜怎么过？她装作很开心的样子，说，宝宝很好，今晚我们一家三口在外面吃圣诞大餐呢，这里很吵……不说了。她匆匆挂了电话，长长舒了一口气，喃喃自语，今晚的圣诞大餐应该是方便面加蛋吧。她还记得，去年平安夜，他亲手为她做的菜，那香味还在脑海萦绕呢。她对着肚子说，宝宝，明年爸爸再为我们做一顿美味的圣诞大餐吧。

经过小区楼下的咖啡厅，里面的男男女女，卿卿我我，勾起了她美好的回忆。以前，他们也经常到那间咖啡厅，喝咖啡，听音乐，谈文学。那种惬意，那种享受，只属于两人世界。怀孕后，她就很少外出，每天听胎教音乐，看育儿经，一切都围绕着宝宝转，完全失去了个人时间，尤其是他不在家的日子。

她还沉醉于美好的回忆中，这时，好友肖灵打来电话说，我们在"老地方"酒吧庆祝平安夜呢，你要不要过来一起？她笑笑说，那里太吵了，对宝宝不好。肖灵吃吃地笑，叫你不要那么快要宝宝，你偏不听，不理你了，我要跳舞去了，圣诞快乐！她也回了句，圣诞快乐！

她心想，要是有棵圣诞树摆在家里，该多好啊！都怪这几天太忙了，竟然忘了买圣诞树。以前平安夜，他们都会一起去买圣

诞树，然后挂上饰物和彩灯，把家里装扮得漂漂亮亮的。她叹了口气，明年吧，一定买。

已经七点多了，她边走边想，不觉已到楼下。她慢慢爬上六楼，在开门的刹那，她忽然想许个愿，希望圣诞老人明早把他送回家。想到这里，她会心一笑，只要和他一起，再苦的日子都变得开心。

开门的瞬间，她呆着了，对着门口的大厅中间，摆着一棵一米多高的圣诞树，上面挂满了彩带和小饰物，彩灯还冲着她一闪一闪的。

是他！厅里的灯一下子都亮了，一个高大的熟悉身影出现了。他还是回来了，桌上还准备了她喜欢吃的菜。

她一时忘了自己大着肚子，想扑过去。他主动走上前拥着她，轻轻地说，辛苦了。她靠着他的胸前，嗲嗲地说，你怎么回来也不先告诉我一声。话刚说完，泪水已控制不住，唰地流了下来。

全民微阅读系列

茶　壶

父亲逢人就说，他有两大宝贝，一个是随身三十多年的紫砂壶，一个是刚满月的孙子，父亲得意地叫他"小茶壶"。

父亲喝着紫砂壶冲出来的茶，讲着茶壶的故事总是很陶醉。我已经听了三十多年了，每个故事情节几乎都能背下来，但是妻却很感兴趣，这几年成了父亲的一个好听众。

那是三十五年前的事，父亲品着浓浓的香茶又讲起了往事。那年冬天，我们连队出去演习，我不小心掉进了河里，杨班长救了我上来，那次班长冻坏了腿，后来还因为腿不好，无法提干。退伍的时候，我知道班长喜欢喝茶，特意叫人买了一对紫砂壶，各刻了"友谊"两个字，送了一个给他。

每次，父亲都会感叹，三十几年没有联系了，不知道杨班长怎样啊？尤其是近几年，父亲退休后空闲时，经常会翻翻老照片，回忆往事，有时还会眼眶红红的。

这次，父亲来省城探望孙子，随身还带来另一个宝贝。

"小茶壶"最近刚学会叫爷爷，听起来像"呀呀"，逗得父亲很开心。有了孙子这个宝贝，父亲也多了一份精神寄托，每天带孙子、喝茶，但有时还会经常想起杨班长。

一天，父亲正在喝茶，"小茶壶"刚学会走路，摇摇晃晃地走向父亲，一不小心撞到茶几，"啪"的一声，"小茶壶"和紫砂壶都掉到地下。父亲急忙抱起"小茶壶"，心疼地问，哪里摔痛了，哪里摔痛了?妻急忙从厨房出来,抱过"小茶壶"。我从书房跑出来,看到父亲满脸失落,手里拿着几片茶壶碎片,紫砂壶打破了!

我很内疚地对父亲说,明天一定去茶叶市场买一个回来。父亲摇摇头说,买不回来的啦。妻打了一下"小茶壶"屁股说,都是你不好,打坏了爷爷的茶壶。儿子哭了起来,嘴里叫着"爷爷"。父亲抱过小茶壶说,不要打了,茶壶已经打坏了,不要再打坏"小茶壶"了。

父亲比较迷信,他认为茶壶坏了,可能是某些不好的先兆。他担心会像当年打烂了跟我母亲的定情手镯一样,第二年母亲就去世了。

几天后,"小茶壶"不小心烫伤,父亲更加担心,不知道还会出现什么事?我解释说,没事的,巧合而已。父亲还是满脸疑惑,嘴里还说着,还不知道杨班长会不会出事。

我发现父亲近来精神不大好,一问才知道他晚上睡不好,老想起往事,老想起杨班长。我几次开导他,也不见效果。妻也开始担心起来,要想想办法才行啊。

有几个晚上,半夜还见到妻在电脑上查资料,我问查什么,妻神秘地说,查到再告诉你。几天后周末,妻买了很多菜,我问他今天什么大好日子啊?妻很神秘地说,你等一下就知道。

中午时,门铃响了。妻说,客人来了。父亲开的门,他惊讶地大叫一声"杨班长"。门外的客人正是父亲三十几年不见的杨班长,杨班长还带来了另一个紫砂壶。

原来,妻在一个文坛上搜索到一篇关于茶壶的文字,内容有点像父亲和杨班长的故事。作者正是杨班长的儿子,杨班长也在念念不忘与父亲的这段感情,刚好杨班长这段时间也来省城探望儿子,所以才联系到他。

杨班长留下了茶壶,还约好以后常来一起喝茶。

当晚,父亲睡得很香很香。

吵架服务

100%满意公司开业第三天,终于接到了第一单生意。

老板派得力干将——女一号出马。女一号按顾客提供的地址来到一个高级小区,只见一排排高档别墅林立,周边树木成荫,门口停靠着名车。她按了按门铃,开门的是一个中年男人。女一号很礼貌地说,先生您好,我是 100%满意公司的员工,真诚为您服务。男人满脸疲惫,示意她进门,问,你知道怎么做吧?

女一号点点头,说,要先签一个简单协议。男人看了看协议,说,没问题。女一号说,我重点提醒一下本公司的"铁三条",第一不能有实质性的身体接触,第二满意才付款,第三只收现金。

男人签完协议说,我也重申一下,你的工作是做我两个小时的老婆,和我好好吵一架,当时的情形是这样的,昨晚是我们的结婚纪念日,我早早回家做了老婆喜欢吃的菜,她回来后,试了一口汤,就说汤太咸不喝了,然后接一个电话,说公司有应酬就出门,接下来就是我们要做的事,你扮成我老婆和我吵一架,清楚了吗?

女一号点点头说,明白。

昨晚的菜还在餐桌,俩人就位。

女一号当起老婆,提高嗓门,你怎么搞的,汤这么咸,怎么吃!

男人皱皱眉头,说,我辛苦了半天,你好话没说一句,还挑三挑四的?

不吃了,连做菜都不会,你怎么做男人?

男人心一软,说,今晚是结婚纪念日,我们不要吵,不行的话出去吃吧?

女人眨眼示意,你没有进入角色,你是想要吵架的啊。

男人摆摆手,叹了口气说,不行,我还是吵不起来,不是你的错,我们已经三年没好好说上一句话,我现在都不知道怎么吵了。

女人说,先生,按协议要求,我必须完成和您吵架的工作,请您配合一下。

男人苦笑着说,那再试一次吧。

俩人就位。女人语气比刚才更凶,你会不会煲汤的,这么咸,不会炒菜就别炒了!

男人一听来气了,我辛苦半天,你竟然这么说,你不想吃就别吃!从结婚到现在你炒过一次菜吗?

女人接着说,我在外面辛苦赚钱,还不是为了这个家,买房、买车,哪个不是我赚的钱。

男人一怔,这个家底她都很清楚,看来她是做了功课的。男人也不示弱,你以为赚多点钱就可以什么都不干,这是个家,两个人都有份的。

女人突然哭起来,看你这个没良心的,我这么拼命干活,还不是为了这个家,因为要经常出差,我连小孩都不敢要,你……

男人心一软,想过去抱她。女人避开,说,先生,请记住第一条,不能有实质性的身体接触。

男人疑惑地问,我连老婆都不能抱一下?男人其实也记不清有多久没和老婆热情拥抱了。

女人笑笑说，先生，现在我是替身。

男人摇摇头说，好吧，继续吧……或者，我不想吵了，钱我照付怎样？

女人彬彬有礼说，我们公司是讲诚信的，收您的钱，就会为您服务的。

男人很无奈说，我不想吵了，昨晚到现在我还没睡呢。男人取出两千块钱，说，这是酬金，我不想吵架了。

女人保持笑容，说，如果您要单方终止协议，请您在满意度确认表上填一下"非常满意"，我才能回去向公司交代。

男人摇摇头说，你们公司的服务态度真好，在表格上划了"非常满意"。

女人刚伸手接钱，这时大门开了，进来一位穿着时髦的妇女。那妇女看到这个情景，不问三七二十一，一个箭步冲过去，出手打了女一号两个耳光，说，无耻！她又转过脸对着男人说，好啊，趁我不在，找小姐，还叫上门来！

男人辩解说，我没有，我只是想找一个人顶替你吵架。

妇女大声吵，想吵架是吧，来啊！她露出了一副恶相。

女一号恢复常态，很礼貌说，这位太太，我只是当了两个小时的替身，不信您看看这份协议，我和您先生没发生任何关系，不过我还是要礼貌提醒您，有空多回家陪陪您先生。女一号说完头也不回地走了。

妇女听完一怔，这才想起不知多久没和自己老公好好聊过了，更不要说吵架。男人和妇女四眼相对，两人都忍不住默默流下了眼泪。

不久，100%满意公司就红遍了全市。

晚　餐

100%满意公司的业务蒸蒸日上，业务经常要提前预约。

这天，细雨蒙蒙。快下班时，公司接到一个电话，对方要求一个男子陪吃晚饭。老板笑笑说，今天我们的人手有些紧张，您如果一定要求今晚的话，我可以派一个过去，但是个新员工，不知道您是否介意？电话那头说，无所谓。老板坦诚说，新员工服务，我们打八折，七点钟准时到。

这个新来的员工叫阿钟，今年他大学刚毕业，外面就业竞争激烈，无奈才应聘这家公司。阿钟穿上西装，打好领带，来到市区的一个大院，楼房有点破旧，客人住在九楼，没有电梯。他爬上九楼有点气喘吁吁，轻轻敲门，一个女人开了门。阿钟自我介绍，您好，我是100%满意公司的员工。女人看到阿钟，一怔又恢复了平静，说，请进吧。

女人有些不好意思，说，你随便坐，我炒个青菜就可以吃了。阿钟应了一声嗯，顺便看看房间，小两房一厅的，客厅中间挂着一张结婚照，男的长得英俊，女的比刚才开门的年轻很多。

女人端菜进来，嘴里说，我炒的菜不好吃，不要见怪哦。阿钟第一次接单没有实战经验，红着脸小声说，不好意思，公司规定要签一个简单协议的。女人放好菜，又拿出两对碗筷，入座后接过协议，看也不看就签了字。

女人清清喉咙，说，今天吃饭的事，你一定要帮我保密，千万不能让我公公婆婆知道。她说到这里，眼眶已渐红，声音有些嘶哑。阿钟情不自禁点点头说，我一定保密。

女人抹了一下眼泪，说，忘了开红酒，今晚怎么能没有酒呢。阿钟抢着说，我来开。阿钟倒好红酒，一时找不到词语，不知如何开口。还是女人先开口了，今天是我的生日，庆祝我生日快乐吧。阿钟拿起酒杯，说，祝您生日快乐！

女人夹了一块红烧鱼给阿钟，说，吃鱼吧，这是他最喜欢吃的。阿钟答了声，好，心里却想着，她老公怎么啦，离婚了，还是……女人看看阿钟疑惑的样子，说，你一定在想，我先生怎么啦？阿钟红着脸，点点头。

女人喝完一杯红酒，说，去年我生日，我炒了菜等他回来庆祝，他打了个电话回来说，马上出发去玉树参加地震救灾，没想到他一走就再没回来了。女人已经泪流满面，阿钟递了几张纸巾，帮她又倒了一杯红酒，端起酒杯说，敬救灾英雄一杯酒。女人喝完一杯酒，又继续说，我后来听说他自己要求去的，领导不让他去，他还和领导吵了一架，他一直这么傻，啥事都往自己身上揽，出事快一年了，我还不敢让二老知道，我公公婆婆都有高血压，要是他在，今晚他一定会买鲜花和蛋糕，说到这儿，她忍不住泪水直流。她示意阿钟倒酒，说，你自己吃菜，这些菜都是他最喜欢吃的。阿钟没有食欲，又给她递了纸巾，这时他接了一个电话，是他女朋友打来的，他说了声不好意思，轻轻走到阳台，悄悄和女朋友说了几句。

阿钟回来时，她已经喝了一大杯红酒。她颊脸微红问，是女朋友打来的？他点点头。她感叹说，我们谈恋爱时，他每天给我打好几个电话呢，现在想听到他的声音都难。她又喝了一杯，说，这一年来，我每天要在公公婆婆面前，说很多假话，说他出国培训回不来，还要经常面对那些安慰的话语，我只能说我支持我丈夫，因为他是英雄，我是英雄的妻子，你知道吗，这一年我真的好辛苦，其实我想大声说，我要老公回来，这家需要他。阿钟点点头说，我明白你的感觉。阿钟想起他母亲也是这样想念殉职的父亲。

阿钟举起杯，说，嫂子，我敬你一杯！她摇摇头说，不要敬我，我只想做一个平平凡凡的小女人。

这时，有人敲门了。女人擦干眼泪，整整头发和衣服，回头对阿钟说，就说你是我外地的表弟。阿钟点点头。

敲门的是一个送花和蛋糕的。女人愣了一下，问，我没有订花和蛋糕啊？那人说，有一个姓郝的女孩叫我送来的，已经付了钱。女人接过鲜花和蛋糕，一时想不起自己认识的女孩有姓郝的。她回头看看阿钟，似乎看到他在微微笑。她进来问，是你叫女朋友送的？阿钟摆摆手说，不是，我女朋友姓林，说不定有人在暗暗关心你呢，嫂子，你一定要坚持下去啊。

阿钟取出蛋糕，问，插几支蜡烛？她想了想说，插一支吧。阿钟不解，一支？她答，是的，我的心愿是一心一意搞好这个家。阿钟偷偷看她一眼，只见她悄悄滑下了一滴眼泪。

离开时，阿钟坚持不收她的钱，哪怕公司老板开除他。

阿钟万万没想到，当他把这件事告诉公司老板时，老板哈哈哈大笑几声，连说几个好，拍拍他肩膀说，干得好，我们公司除了追求利益，还要有社会责任。

老板不但没扣阿钟的工资，还在公司大会上点名表扬他，奖励他一千元。有人不明白，问老板，为什么奖励他那么多钱？老板笑着说，他那束鲜花和蛋糕难道不值一千块吗？

新鲜空气

春潮滚滚,南方的天灰蒙蒙的,人的心情也灰蒙蒙的。

一大早,几声清脆的电话声,唤起了 100% 满意公司员工的热情。

接线小姐彬彬有礼地说,您好,100% 满意公司,请问有什么可以帮您?

一个男声有气无力问,我需要白云山的新鲜空气,你们可以做得到吗?

新鲜空气?接线小姐听过顾客不少奇怪的要求,但这还是第一次听说,她马上反应过来,请您将要求说一下,留下电话号码,10 分钟后就回复您。

老板看着顾客的要求,喃喃自语地说,每天早上 7 点,准时送一袋白云山的新鲜空气,要求是早上 5 点的,价格不限。真是怪事,现在白云山的空气那么值钱么?老板有些怀疑,但有钱就得赚,这是他的信条。他马上回复,每袋 500 元,明天开始送。对方竟然一口答应。

老板安排了新员工小林跟单。第一天,小林 4 点多就到白云山顶,5 点钟一到,他立即拿出保鲜袋装好空气,再用纸盒子装好。按顾客提供的地址,小林来到市中心的一个高级小区。小林看看时间,刚好 7 点,他按了按门铃,开门的是一位老人,还挂着拐杖。小林说明来意,老人接过保鲜袋,打开袋子对着脸,空气立即散开,他痴痴地笑,就是这个空气,就是这个感觉。他回身掏出500元说,以后每天准时送来。小林很礼貌说,很高兴为您提供服务。

第二天,小林依然4点多就来到白云山顶,他暗暗发笑,一袋空气值500元,我在这里站一天不就成百万富翁了?他照旧5点钟就装好一袋空气,7点准时送给老人。老人闻着空气,依然很享受,不过问什么就给钱。

连续几天,小林都在想,白云山的空气真的这么值钱?他也模仿老人的神态,深吸一口气,眯着双眼,感受一下山顶的空气。他很失望,无法感受其中的乐趣。他想,或许老人是个怪人,有钱人想捉弄人吧。

一天,小林睡过头了,赶到白云山顶刚过5点,人有些多了。他赶紧拿出袋子装空气,心想,我就不信迟几分钟你会知道。当老人打开袋子时,脸色马上变了,这不是5点钟的空气!小林吓了一跳,神了,差几分钟都知道?老人继续发脾气,年轻人做人要老实,是就是,非就非,你再不老实,我让你老板炒你鱿鱼!小林一想到被炒鱿鱼,有些害怕,几乎要哭出来,哀求着说,老伯,请你原谅我一次吧,我下次不敢了。老人看小林快哭的样子,摆摆手说,好吧,今天不给钱,明天继续送。小林说了很多句谢谢才离开。

一路上,小林还是无法相信老人那么神奇,才过几分钟,怎么可能知道?小林叹了口气,这次500块只能自己垫付了。之后,他再也不敢骗那老人了。老人每次验货成功后,照样二话不说就给钱。

小林很快送了一个月,他一直很纳闷,这老人真怪,真的是花钱买开心?他把这事告诉朋友,没人信他,还说他大白天说梦话。小林真想找机会问清楚,但公司规定,不得向顾客询问原因。

小林整理了一下,得出结论:单身老人,有钱人,行为怪异。

有一天,小林准时送货上门,按了好久门铃不见开门。他想,暂停服务要提前取消的,这是公司的规矩。老人是不是外出了?他侧耳听听屋内好像有些声响。他打不开门,马上打电话报警。警察来了,原来老人晕倒在里面,幸好小林及时发现。小林一直跟着去医院将老人安顿好才离开。

一个多月习惯了早起,小林这几天早上也睡不着,心里想着那老人的事,也想到了乡下年迈的父母。周末,小林买了点水果,早早过去医院看望老人。老人看到小林,很惊喜,招呼他进来,还颤抖着说,谢谢你来看我。小林说,不客气,这是应该的。

小林看看周边,没人陪老人,忍不住问,老伯,你家人呢?怎么没人来陪你啊?老人听完,默默掉下眼泪,断断续续讲着,两个小孩都出国了,几年也不回来一次,去年老伴走后他就成一个人了。

小林好奇地问,那新鲜空气又是怎么回事?老人听完破涕为笑,那天我在电视上看到单身老人病死家中没人理,我就想到这法子,让你每天给我送空气,白云山是我和老伴相识的地方,每天可带来一些回忆,你每天还可以定期来看我。

小林又问,你怎么不去老人院?老人摇摇头说,我不喜欢去老人院,家里多少有些温暖和回忆,去那里没有家的感觉。

小林追问,那天我迟到取的空气,你怎么知道?老人开心地笑起来了,你那天在外面给你女朋友打电话的声音那么大,我刚好打开窗户,就听到了。

小林也忍不住笑了,我还以为你真的那么神奇呢!小林从身后拿出一袋空气,说,我今早特意跑去装的,保证是 5 点钟的,免费赠送。

老人接过袋子,脸上露出孩子般天真灿烂的笑容。

道　歉

代客道歉，这对 100%满意公司来说是桩小事。老板一口答应，两千元服务费，包礼品费。

一大早，小李买了一大束鲜花和一堆营养品，来到客人提供的地址。房子比较破旧，连门铃都没有，小李轻轻敲敲门。开门的是一位妇人。小李说明来意，门马上砰的一声关上。小李又耐心地敲敲门，屋内传来一个男人的嚎声，你再不走，我报警了！紧接着一阵阵女人的悲惨哭声从里面传出来。不开门，没法送礼物，达不到道歉的目的，小李只能灰溜溜走了。

老板听完小李的汇报，摆摆手说，还是让小红去吧。

小红拎着一堆礼物爬上九楼，站在楼道气喘吁吁的，想起小李的话，那对夫妇很凶的，你要小心一点。

小红轻轻敲敲门。开门的是一个老头，他看看小红，不怀好意地问，你找谁？

小红笑笑说，伯伯，我……她这时看到一位妇人走过来。她轻轻向妇人说，阿姨，您好。

妇人走过来，刚想发火，忽然发现是一位女孩，语气马上缓了下来，说，你不用送东西来，我不会接受他的道歉的。老头站在一边摇头叹气。

小红着急地说，阿姨，您让我进去吧，送不了礼物，我会被炒鱿鱼的。

妇人看看小红，问，你不是他亲戚？

小红赶紧说，我是服务公司的，他已经出国了，今天特意打回电话让我们代送礼物过来。

妇人红着眼，看着小红，眼泪却忍不住流出来了，她打开门说，老头子，让她进来吧。

小红进门放下礼物和鲜花，看到大厅中间摆着一个女孩的黑白相框，她马上把鲜花摆在相框前面。

妇人看到小红这个动作，哭得更厉害了。老头也忍不住抽泣起来。小红一时不知如何应对，她只能静静坐着，不时递纸巾给两位老人。她看着两位老人相依偎着流泪，想起家中年老的父母亲，也忍不住掉泪。

过了许久，两位老人慢慢恢复平静。妇人擦擦泪水，说，好闺女，谢谢你了，要不是那场车祸，我们家婷婷也和你差不多大了，她也该工作了，也该结婚生小孩了。

妇人说完，又抽泣起来了。老头出声了，我们不会原谅他的，是他夺走了我们可爱的婷婷，那年她大学才刚毕业……他还未说完又跟着抽泣起来。

妇人边抽泣边断断续续讲起她女儿的故事。小红整理了一下思路才慢慢清晰：他们有个独生女，叫婷婷，22岁那年在一场车祸中去世了，剩下他们两人孤单单的，每到女儿忌日这天，他们都会闭门在家。那个车祸的肇事者，就是这次的客户，每次登门都被他们拒绝了。

老头缓缓说，我们不是有意要针对他，保险公司也赔了钱，但钱有什么用呢，能换来我们见女儿一面吗？能换回我们一家团聚吗？

妇人又说，如果婷婷还在，应该也和你差不多年纪了。

小红听着，忍不住泪流满脸，轻轻说，阿姨，我今年 26 岁了。

妇人叹了口气说，以前婷婷也经常和我吵架，经常嫌我唠叨，因为找工作的事，出事那天还和我吵了一架，我还骂了她……唉，现在想找她吵吵架都很难啊。

老头安慰她说，不要想那么多了，不是还有我吗？

妇人点点头，看看女儿的照片，又禁不住掉泪。

小红的两包纸巾用完了，她对两位老人说，阿姨，伯伯，谢谢你们能让我进门并接受我带来的礼物，我在这里没有亲人，有空我能常来看看你们吗？

两位老人异口同声开心说，好啊，欢迎你来。

小红告别两位老人，刚下楼手机就响，是母亲打来的。小红还没开口，母亲就开始在电话里唠叨起来了，怎么这么长时间不回家，平时吃得好不好，找到男朋友没有……

如果是平时，小红会觉得烦，但今天听起来妈妈的唠叨却特别顺耳。她刚开口说，妈，我很好，泪水却悄悄滑了下来。

全民微阅读系列

假戏真做

老徐兴冲冲跑来找我说，你太不够哥们了，知道一家这么好的公司也不告诉我一声。

我一头雾水问，什么公司？

他笑着说，还装蒜，你的另类服务系列我都看了。我这才缓过神来，大笑起来，那是小说，怎么可以当真。

他摇摇头说，小说来源于生活反映生活，我还不知道？但你那家公司确实存在啊。我摆摆手说，怎么可能，我是随便写写的。

他笑呵呵说，我们打赌，我真的看到一家这样的公司。

当我们站在那家公司门前时，我惊呆了，半天说不出话来。一点没错，真是 100%满意公司，门口还罗列了业务范围，和我小说写的一样。我无话可说，掏出 500 元钱给老徐。

我想这家公司应该和我的小说无关。老徐不信，他进去看看，试探虚实。

十几分钟后，老徐笑着出来。我说，你发现什么了？老徐卖了个关子，今晚你就知道，六点半在老地方见。

我提前到了约好的咖啡厅，当晚原来是七夕，周围都是一对对的小情侣，我一个人坐在那儿特别显眼。不久，老徐也来了，还带来了一个美女。

老徐介绍说，这是我老婆小王，又将我介绍给美女，说，这是陈作家。

我喝着水，差点没喷出来，老徐的老婆我认识，是个肥婆，哪有这么高挑的好身材。

　　我假装镇定说，你真幸福，娶了一个这么漂亮的老婆。老徐的老婆小王微微一笑，说，作家就是会说话，一见面就逗得我这么开心。

　　小王不但人长得靓，还很健谈。我们两人只能当她的听众。她从文学到经济，从国际风云到国内形势，从化妆品到烟茶酒，无一不晓，说话幽默风趣，逗得我们不时发笑。这顿晚餐真是值得。中间，小王去了一趟洗手间。

　　我赶紧问老徐，你哪里找的老婆？

　　老徐故作深沉说，就是……你的公司啊。难道是陪吃服务？错了，是陪聊。我开始迷糊了，难道真有这么巧？小说和现实一样。

　　老徐摇摇头说，你可以问问我老婆，听听真实情况。

　　小王回来了。我赞赏她说，你的知识真是渊博，口才又好，还很风趣，找你做老婆真是老徐三生修来的福分呐。我看到她开心的样子，停顿了一下说，能不能给我讲讲你们100%满意公司的事啊？

　　小王愣了一下，笑起来说，你全都知道了？老徐望着她，摆出一副无辜的样子。小王开始侃侃而谈她的公司。她说，是老板无意中看到一篇小说，提到一些另类服务，觉得点子不错就成立公司，还用小说里的公司名字，业务范围、收费标准也是依照小说定的，现在业务很红火，我就是这个月刚刚加入公司的。

　　我真的服了，本来虚构的东西竟然被搞得有声有色。我无奈地叹口气说，我决定不再写了，他们不了解我写这个系列的初衷，说不定会害了他们的。

老徐依依不舍告别了他"老婆"，给了她 500 元服务费，还互留电话号码。

几个星期后，老徐约我吃饭，他又带着他"老婆"一起过来。我问候她，小王，你好。小王笑，我不叫小王，我叫小丽。老徐也笑着说，小丽已不在原来公司上班了，现在是我的秘书。

我感觉到一些不好的苗头。趁小丽上洗手间的机会，我严肃说，你可不要犯错误，别忘了你是有家室的人啊。

老徐诡异地笑笑，家里红旗不倒，外面彩旗飘飘。我知道，老徐已经不可救药了。面对这样的美女，很少男人可以把持得了的。

几个月后的一个早晨，我经过 100% 满意公司门口，发现它已经关闭了，改成了一家快餐店。我拨通老徐的电话，他好久才接听。我对他说，100% 满意公司倒闭了。

他笑着说，这不是你所预计的吗？我听小丽说了，那家公司后来变质了，成了婚介色情公司，被公安局查封了，还好我早把小丽挖过来，不然……

我听到电话那头有个女人在嗲嗲地叫老公，那声音我很熟悉，但绝对不是老徐的胖老婆。

到现在，我都很懊悔写那个服务系列，它毁掉了一个幸福的家庭，还让我失去了一个好朋友。

寻找优良血统

我一直不相信，我的祖先是一个农民。

我试图想象他是一个英雄，或是一个大人物。但多年前，爷爷给我的答案是，我们家族世代是农民。

我内心呐喊，这不可能，一个农民的家族怎么可能出现这么多大学生，还有两个教授。我们身上一定有着优良的血统。我找个机会想查查我们的族谱。

奶奶说，我们是农民，没人识字，没有族谱。

一点点记录都没有吗？我仍不死心。

奶奶摇摇头说，没有。

我找到了全村最老的刘老伯，希望从他口中得到一些满意的答案。刘老伯说，我听上上辈的说，你们陈家的先人好像不是当农民的，好像是渔民，后来海上打鱼风险大，才上岸务农的。

这个答案让我更不满意。渔民？还不敢与大海挑战，退缩到陆地，这不是我先人的作风，不可能的。我试探地问，我听爷爷说，我们的先人是从陆路来富村的，怎么会去当渔民呢？我想起当地的渔民，地位低下，据说还是元朝侵占中原时，失败后被赶到海边的少数民族。

刘老伯说，听说我们村陈姓曾有人开过武馆，不知道是不是你们的先人。

开武馆！这个答案有点令我兴奋。难怪我的血统里有点好斗不服输性格。或许我的祖先是个武林高手，隐居来到富村开武馆的。奶奶听到这个说法，笑得眼泪都出来，说，你爷爷连鸡都不敢杀，你爸爸身材那么矮小，像是习武之人的后代吗？

我仍然坚信，好多武林高手隐居后，都是让自己的子孙不习武，好好过粗茶淡饭生活的。

为了找到一点点历史记载依据，我到县城找县文献馆馆长。馆长也是富村人，他找出全部关于富村的记载，找到几句富村当年的文字记载，有一陈姓男子在富村立武馆，曾风光一时。后面没有记载了。这个文字记载，让我亢奋不已。富村就我们家姓陈。

这么说，我的祖先曾是习武之人，我尽量不用武林高手之类的形容词。

馆长说，这个难说，经过多年战火，富村两次被毁，或许原来习武的陈姓家族已迁移了。

找到这些文字记载后，我这样推断，姓陈的在富村开过武馆，富村就我们家姓陈，所以我的祖先开过武馆。开武馆的人多少需要一些智慧。第一要靠实力，第二还要经营头脑。这些条件和我们家族现状差不多。我们家族有在大学当教授的，有做大生意的。

找到这些资料，我感到很欣慰，多年来的努力没有白费。但我又多了一份疑惑，武馆怎么现在连一点痕迹都没有，当年的那帮习武之人又去了哪里？

我找到隔壁村一个习武的老人。老人说，我听爷爷说，我爷爷的爷爷是在富村习武的，好像那馆主开武馆赚了钱，抽鸦片，后来去学武的人越来越少，只好解散了武馆。

怎么可能！我的祖先怎么可能染毒！但如果不是这个原因，武馆怎么会辉煌一时，就马上没落呢？我估算了一下，当年的时间差不多和林则徐烧鸦片同一时期。这次追查有点让我失望,我的祖先风光一时,竟因鸦片沦落为农民。用现在流行的话说,我的祖先曾是"粉仔"。

我不相信这个说法。我假设了另一种可能,当年祖先带领习武之人,抗击外来侵略者,全部人壮烈牺牲了。

父亲说,你不要浪费时间了,我们的祖先就是农民,你爷爷听上一辈的祖先也是怎么说的。

我不死心,说农民也有优秀的,或许参加过革命什么的。

父亲摇摇头说,没有。我追问,追溯到唐宋时期,我们的祖先一定不是农民,说不定是个侠客、游侠。父亲想了想说,好像在宋朝有个做了县太爷之类的官,但那也太遥远了吧。

我笑笑说,那不一样的,怎么说我们祖先也算是当官的。

我终于可以理直气壮地说,我们的祖先不是农民。当然,这个结果还不是我最满意的。我还会继续寻找,直到找出我身上流的血是优良血统为止。

但染毒那个说法,打死我也不会说出去的。

换 鞋

　　那晚,我和妻逛街花四十块钱买了一对凉鞋。回到家,妻才发现鞋带有一处地方坏了。

　　妻唠唠叨叨地说,现在的人做生意真是不老实,一没注意就给了对坏的。我倒在沙发,懒懒地说,四十块钱能买多好的东西,要不下去换。

　　妻气愤说,四十块不是钱啊,一个星期的生活费,要不是你老催我快点走,我会挑到这对!

　　妻的声音已经高了八度,我知道是该闭嘴的时候了。我不出声,随便翻翻杂志。

　　妻还在唠叨不停,说每次和你出去逛街都买不到一件好东西,下次不愿意就不要去了。

　　我还是不出声,继续翻着杂志。

　　妻说,我要去换鞋,你去不去? 我有气无力说,放过我吧,我刚才逛街已经快累死了。妻又来气,谈恋爱的时候,逛多久都说不累,才一年就变了样,没良心的!

　　我还是不出声,干脆跑进书房看杂志。

　　砰的一声外面的门关上了,我猜是妻出去换鞋了。以妻的性格,去到鞋店又是吵架,她每次回来都会沙着喉咙,为了几十块钱,值得吗? 不是钱的问题,这是诚信问题,妻每次都会说。

　　妻回来了,脸上挂着两条泪痕,沙着声音说,真是野蛮,竟然不认是他们卖的货,那个男的还打了我一巴掌。

我一下子跳了起来,敢打我老婆,不想活了。我打电话给我那帮兄弟,十分钟内到楼下集合,你们大嫂给人打了,带上家伙!十几个兄弟跟在我后面,我一人在前面,来到刚才那家鞋店,看到有一个高大的男人,我冲进去,拿起凳子砸向他,嘴里说着,敢打我老婆!一帮兄弟见我动手,也冲进去打那个男的,还砸烂他的鞋店。出完气,我们扬长而去。

回到楼下,我才发现小林没有回来。小林没有经验,跑得慢,不知道怎样?这时,我远远地听到警笛声。有几个行人边走边聊,刚才鞋店打架,好像打死人,还抓到了一个。打死了,不会吧,小林怎么办?我过去看看吧,那帮兄弟埋伏在楼下,我一人前往打听虚实。

鞋店前面静悄悄的,店里有几个人在收拾,有一个警察在问话。我看看隔壁一家鞋店,那家卖鞋给我们的怎么好好的?我仔细一看,两家装修一样的。不好,打错人了,还闹出人命了!小林被抓了,他一定会供出我来的。

解散了一帮兄弟,我跑回家,气喘吁吁对妻说,打死人了,快点跑吧。妻不知所谓地说,打死什么人?你还会打人,连鸡都不敢杀。我看看妻,她正穿着今晚买回来的凉鞋。

我急了,就是那个换鞋打你的男人啊,我们把他打死了。妻不解地说,今晚换鞋给我的是个女的,她还送了一个小饰物给我,现在的人服务态度真是好!

怎么会这样?不是他们不肯换,那个男的还打了你一巴掌吗?我一下糊涂了。好好的,哪有人打我,你怎么啦,平时也不见你这么着急的,妻也糊涂了!

我一下子不知道怎么回事,明明妻回来说她去换鞋被人打了,然后我带一帮兄弟去鞋店打死人,小林还被抓了。

这时,我手机响了。小林打电话给我,说我在桂林玩呢,刚才你打电话给我听不清楚,有什么事? 我喃喃地说,没事,没事!

怎么会怎样? 小林明明一起拿着铁棍同去的。我再打电话过去给小林,他的电话关机了。

砰的一声,妻开门进来。她说,穿凉鞋出去走一下,感觉还不错,原来鞋带没坏,四十块钱真值得,隔壁小丽昨天买的同款六十块呢。

我坐在沙发上,翻翻杂志,答了句,没事就好,四十块钱真是物超所值。

吴美人的幸福生活

要不是那晚她喝多了几杯，我真的很难想象，一个身高一米七几、体重一百七十几的女人也有那么温柔的一面。

她喝了满满一杯红酒，不掺雪碧和冰块的，然后眼光温柔地望着我，嗲嗲说，你知道吗，以前他们都叫我吴美人呢。

我第一次听说她有这么个美称，不禁好奇起来了，奸奸地笑，看不出你年轻时还是个美人儿呢。

她示意再倒一杯酒，清清喉咙。我知道，故事要开始了。

她说话的语气一下子变得轻盈，仿佛回到二十年前。她说，当年我大学毕业分配到施工单位，在荒山野岭搞工程本来就辛苦，做女施工员就更不用说了。

我忽然想到花木兰从军的故事。一只小羊羔要在群狼中生存下去，是件多么不容易的事。花木兰有一身好武功，她呢？

她又喝了一杯，然后娓娓道来，那时工地条件很艰苦，住工棚、吃素面，每天生活很简单，哪有现在这么惬意。当时，有一个副队长对我有好感，其他人不敢对我有非分之想，其实我知道，有好几个小伙暗地里喜欢我呢。说到这里，她双颊微微泛红，仿佛很享受那种被追的感觉。工地上，除了我和煮饭的阿姨，其他都是男人。那些男人长年离家，晚上无聊除了喝酒打牌，就到附近村庄去鬼混，那个副队长也不是好货，他也经常偷偷出去找女人。

男人都是烂番茄！她说到动容处感叹了一句，从那时开始，我就下定主意，不找长年在野外工作的男人做老公。虽然，工地的那些男生经常无事献殷勤，但我一个都看不上眼，他们那时就开始不怀好意地叫我吴美人。

听到这里，我不禁感叹，上天啊，你真是瞎了眼，把一个女人扔到一群男人中，还不让她有自己的感情生活，这是怎样的一种折磨呵。

她又喝了一口酒。我示意，已经喝完一瓶了。她说，再开一瓶。我知道，故事才刚刚开始。她说，在工地我一待就是五年，五年的青春呐，有一次假期，我回老家认识了现在的老公。选择了他，是我一辈子最大的错误，我宁可当年选择的是那个好色的副队长。

故事出现了转折，我知道高潮该到了，忍不住插嘴，缘分这种东西很难说的，你选择的有时偏偏不是你的最爱。这时，我也想起自己的婚姻，想起家里的老婆和儿子。

她感激地看看我，说，那个假期，我在短短十几天就完成了相亲、定亲、成亲的全过程。开始，我以为自己找到了一生的幸福，便将自己全部积蓄都给了他去做生意。我因为在野外工作，我们经常不在一起。他的服装生意越做越好，后来还开了好几家分店。我继续在工地过着无聊的生活，也是那时学会了喝酒。因为我们长年不在一起，想要个小孩都很难，经常遇不到怀孕的时机。有两次我怀孕了自己都不知道，在工地上流产了，我开始讨厌长年在外、两地分居的生活，于是我找人帮忙调动工作。你知道，一个弱小女子要办理调动工作是多么艰辛，她两眼泛着泪珠，这一刻，她所受的苦全写在那两行泪水里。

她一口气又干了一杯，喃喃自语，原以为苦尽甘来，没想到换来的竟是无穷无尽的痛苦，我辛辛苦苦调动工作回到市区，我老公却经常以出差为名不回家。开始，我也怀疑他是不是外面有女人，和他吵了几次架，没想到他变本加厉，经常不回来住。直到有一次，我在公园遇到他们带着一个小孩，我才知道留不住老公，他们竟然已经有了一个三岁的儿子。我不敢告诉家人，我妈有高血压，怕她接受不了这个事实。他买了一套房子给我住，我们就协议分手了。

我一直以为她的生活应该是幸福美满的，没想到竟然有一段这么曲折的感情生活。她依然一个人坚强面对着生活。我也终于明白她为什么将男人叫做"烂番茄"。

喝完最后一杯，两支红酒已经全部下肚，我感觉自己有点晕乎乎的。她也有点摇晃了，迷迷糊糊中我听到她说，你今晚陪我……

我立即清醒过来，笑笑问，不好意思，你刚才说什么？

她似乎也有点清醒了，摆摆手说，你今晚再陪我……多喝几杯，要不……你先走吧！我想一个人静静。

殉　情

徐三在女友坟前服毒自杀！

徐三为爱殉情，现代梁山伯啊！

大街小巷到处流传着徐三服毒自杀的消息。

此时，徐三正躺在医院的病床上，经过了洗胃再洗胃，小命总算保住了。他紧闭着双眼，不想面对这个残酷的现实，他父母在窃窃私语，真是傻孩子，自杀也解决不了事情啊！

一年前，徐三在同学家认识了瑛，瑛的清纯、高雅深深地吸引了他。经过同学的牵线以及徐三的"不要面子进攻法"的努力，终于打动了瑛。很快两人堕入爱河，瑛很欣赏徐的才华、幽默和开朗，徐也很享受瑛的温柔和无微不至的关爱。花前月下，他们定下了"在天愿做比翼鸟，在地愿作连理枝"的誓言。但天意弄人，半个月前，在一次去约会的路上，车祸夺走瑛的生命，在医院里徐三抱头痛哭，小瑛死了，他也不想活了。是墓地管理员老王发现徐三的，当时他手里紧紧握着一瓶毒药，倒在他女友的墓前，老王绘声绘色地向旁人讲述着。向报社爆料的也是老王，还拿到一百块的爆料费。

第二天，报纸头条"现代版梁山伯与祝英台——一男子在女友坟前服毒自杀"的消息飞遍了整个城市。由于徐三拒绝接受媒体采访，他的亲朋好友都成了狗仔队的目标，连楼下八十岁的老太太接受电视台"愚乐大搜查"采访时也说，这娃小时候最喜欢听我讲梁山伯与祝英台的故事了,听了一千零一遍还不过瘾呢。小区的士多店也打出"徐三最喜爱的梁祝牌饼干热买"的横幅,喇叭反复不断地播放"梁祝"的小提琴协奏曲。抢救他的刘医生说,我在他迷糊时记录了他在梦中喊了九百九十九句"小瑛"呢。随后电台也开办了"你说我说大家说现代梁祝"的讨论热线,一夜之间,老徐服毒自杀的新闻成了全城焦点热点。

第三天,徐三经过乔装打扮才逃离医院,在回来的路上,听到一对青年男女嗲声嗲气讨论他的事。女的说,如果那个女的是我,你会不会这么做啊?男的大声说,会,我一定会喝大罐的毒药。老徐怎么听都觉得刺耳。悄悄地回到家楼下,一群老人也在讨论,靠救济金生活的陈伯说,我老婆死了,儿子媳妇也死了,孙女得了心脏病,我都得活下去,年轻人不能这么看不开啊!

回到家里,打开收音机,电台正在热线讨论,一男子在电话里说,梁祝已经属于一千年以前的事了,而且只是为了揭露当时的封建社会制度,现代人这样效仿就太不值得了,爱情不能当饭吃啊!一个女孩打电话给主持人说,我能体会他服毒的心情,如果有一个男孩这样为我,我死也愿意啊!

徐三狠狠地关了收音机,说了一句,无聊!奶奶关爱地对徐三说,小三啊,你平时连鸡都不敢杀一只,怎么会跑去自杀呢?徐三打开窗户一看,消息传得真快啊,他刚进门外面就围满了狗仔队,还有一个照相机正对着窗口。徐三马上关好窗,拉上窗帘,这才松一口气,家里电话又响了,请问你是徐三先生吗?我是××报记者,能采访你一下吗?挂了电话,手机又响起,同事老李电话来了,徐三啊,我家老婆是电视台记者,你能否接受独家采访啊?拔了电话线,抽了电池,总算清静了。

母亲回来了,气喘吁吁地说,她在外面被围了几个小时。父亲也回来了,气愤地说,今早被狗仔队追得差点出车祸,上班还迟到一个小时,还叫徐三这几天先不要去上班了。

第四天,徐三没去上班,不敢踏出门口半步,继续关手机,三餐以方便面充饥。母亲继续被围攻,父亲上班还是迟到一个小时,小区的喇叭继续播放着"梁祝"协奏曲。

第五天,发现徐三自杀在家里。派出所也来人了,说他们来迟了,昨天抓到一个迷药党,那天徐三瓶子里的水是他下的迷药。

我是保姆

我来省城当保姆已经半年多了。

女主人铃姐对我很好,每月除了包吃住,还给我家里寄六百块钱,有时还买衣服给我。宝宝很可爱,是个男孩,已经一岁大了,我每天的工作就是带他。

铃姐叫我这段时间不要带宝宝去对面的公园了。她告诉我,前几天在路口撞死人了,还交待我过马路要小心,一定要走斑马线。

小区对面有一个公园,平时很多人到那散步,铃姐有时也会叫我带宝宝去那。在那里,我认识了好几个当保姆的姐妹,包括我的同村小蝶。到公园要经过一个路口,那个路口三条路交叉,很多车,也没有红绿灯,我每次过马路都很害怕。

好几天了,我都没有出去,宝宝在家闷了,吵着要出去。晚上,铃姐回来,我问她能否带宝宝出去走走。铃姐说,下午车不多的时候,可以出去一下,但是过马路一定要小心,要走斑马线。

第二天下午,我带宝宝出去,路口的车还是很多,我很小心地走斑马线过去。忽然,一辆三轮车猛地冲了过来,我急忙往旁边一闪,手臂被车棚刮了一下,宝宝差点脱手而出。吓得我出了一身冷汗,宝宝哭得很厉害。

三轮车在前面停了下来,司机指着我粗鲁地骂,找死啊,走路不长眼啊!我看看自己站在斑马线上,我不敢和他争吵,赶紧过了马路。来到公园,我找以前经常在公园带宝宝散步的几个姐

妹。

我在公园里找不到小蝶。姐妹们告诉我，小蝶出事了，前段时间出车祸的就是她啊。她带的小孩被车撞了，主人家把她打得半死，还要找她家里人赔钱，她家哪有那么多钱！听说，小蝶回家后跳河自杀了。

回去时，我紧紧抱着宝宝，站在马路边，小心翼翼地左看右看，等了大半个小时才过了马路。晚上，我不敢将今天差点被三轮车撞的事告诉铃姐，我怕她会骂我。

那晚，我做了一夜噩梦。老是梦到我变成了小蝶，抱宝宝过马路时被车撞倒了。铃姐变成了一个魔鬼，抓我回家，要我赔钱，还破坏了我的家，杀了我的父母和弟妹。我在梦中惊醒，满头大汗，心里暗暗想，下次过马路，一定要小心，但是小蝶的影子老是在我眼前晃来晃去的。

第二天早上，铃姐问我怎么两个黑眼圈，是不是没休息好。我摇摇头说，没事。下午，铃姐说今天周末要去汇钱给我家，叫我带宝宝去公园走走。

铃姐走后，我带着宝宝来到路口。今天的车更多，我不敢过去，等人多才一起过马路。我和一大帮人走到马路中间，忽然，我的鞋跟扭了一下，别人过了马路，我赶紧跟上。

这时，一辆出租车飞快地向我冲过来。我想闪开，但是旁边还有一部大卡车。我好害怕，彷佛又看到了小蝶的影子。我急忙把宝宝推开一边，感觉一个很硬的东西撞上我的身体，胸口一阵剧痛。

我的身子被撞倒在斑马线外，嘴里流出很多血，忽然觉得眼睛很累，眼皮慢慢耷拉下来。闭眼前，我瞥了一眼躺在地下的宝宝，还好，宝宝没事。

仙　草

　　我到仙村时，听说本地有一种仙草，很多人去采摘，用以维持生计。

　　在仙村，我遇到了小徐。小徐是我们地质勘察队请来当向导的小伙子。小徐人很勤快，性格开朗，他告诉我，他今年才十六岁，家里还有一个六岁的妹妹。

　　我好奇地问他，这里真有仙草吗？很值钱吗？小徐笑笑说，其实不是仙草，是一种草药，听说有养颜美容作用的，城里有人收购，每斤三四十块钱。我问他，仙草长在哪里啊？小徐指着前方一座高山说，就长在那悬崖上，每个月都会有人在采药时不小心摔下来，他父母都是在采药时摔死的。

　　我这才想起，进村时看到很多手脚残废的人。小徐还说，村里比较穷，山区种庄稼也没什么收成，很多人都跑去采药。

　　我们在勘察时，沿途看到很多人背着竹篓上山。小徐不时和他们打招呼，这些人都是上山采药的，小徐说，他也去过一次，因为没经验，才采到几株，上山的路很难爬，有时还会遇到毒蛇呢。小徐提醒我们，这里的草地里也有很多毒蛇，走路要小心。

　　走路时，我不小心踩到一条软软的东西，我下意识地叫了一声"有蛇"，忽然觉得小腿一阵剧痛。小徐跑了过来，扯开我的裤子，看到一个血印。队友们都围了过来，只见小徐不慌不忙的，用嘴对着我小腿的伤口，一口一口吸出毒血。他说着，你等等，我去找点草药,就跑开了。一会儿回来,他口里嚼着东西,把口里的东西吐在叶子上,帮我包扎。包扎好后,我觉得伤口没有刚才那么痛了。我问他,刚刚包扎的是什么东西?他说,那是一种草药,就长在蛇窝附近,一被蛇咬到了,找到它马上敷上就没事了。

队友们走在前面,小徐扶着我一拐一拐地跟在后面。我边走边给他讲城里的新鲜事,他听得一愣一愣的。忽然,我们听到有一个凄惨的声音从山那边传来,绕着山谷回旋。小徐听得发呆,嘴里说着,有人出事了,那天也是这个声音。

过了一会儿,我们看到有几个人从山那边抬着一个人回来。小徐跑过去,一会儿,他耷拉着脑袋回来。我们问他,怎么回事?他说,小时候一起玩耍的伙伴刚刚摔下来了,估计是活不成了,他家里还有一个行动不便的奶奶。我安慰了他一下,还关切地对他说,这么危险的事情你不要去干啊。他"嗯"地应了我一声。

一连十几天,小徐都给我们当向导,但他一直闷闷不乐的。我知道他妹妹还没上学,有空的时候,我会教她写写字。地质勘察很快结束了,离开那天,我拿一百块向导费到小徐家给他。小徐不在,他妹妹小草在家里,她告诉我,哥哥今早背着竹篓上山了。

忽然,我感觉仿佛有一个凄惨的声音在山谷回旋。这时,有一个人跑过来,气喘喘吁吁地说,不好了,小徐出事啦。我和小草跑出去,有几个人抬着小徐回来。小徐已经面目全非,手里还紧紧抓着那株草药。

小草扑向她哥哥大哭起来,嘴不停地喊着,哥哥,你不能死啊!我忍不着掉了眼泪,口里禁不住说,小徐啊,你怎么这么傻,我不是和你说过不要去采药的吗?!

后来,小草告诉我,她哥哥是想赚多点钱送她到城里读书,才去采药的。

我离开仙村的时候，带走了小草，也带走了小徐采回来的那株"仙草"。

还是跳了

近来，我经过那座天桥，都会看到一个带着眼镜的中年男子，跪在桥上。这种跪地的乞丐我已司空见惯，开始并没有太留意他。

一天，我无意停步在他面前，他方形脸，长得蛮斯文，疲惫的双眼中不时流露出一丝闪光。他面前摆着的一张白布，上面写着她老婆到医院治疗，因为误医病情加重，多次上告医院没结果等等。我心想，这么老土的故事也编得出来，心里忍不住想笑。

这时，一位老伯走过来，放下一块钱给他，他不停地磕头，嘴里还说着，谢谢啊，好人有好报。老伯看着他，自言自语地说，真是没天理啊，这样的人也要跪地乞讨。我好奇地问，他是什么人啊？

老伯兴致勃勃地讲起他来了，他是外地人，大学毕业的，因老婆来这边治病，在我隔壁租房子，后来听说老婆被错医，钱花光了，医院又没说法，他和老婆只能住在桥底。

经过桥底时，我有意识地看看，果然有一个妇女躺在那，她长得清秀，但很瘦，脸色苍白。刚才听老伯说，她原来是在大公司当会计的，好像还是注册会计师，因为这病，才闹成这样。

后来，我每次经过天桥，我都会给他点零钱，他会报以感激的眼神，并不断地磕头说谢谢。路人很多，但大家都是匆匆经过，没有太多人留意他、给他钱。我开始担心他，几时才能筹够钱再给他老婆治病。

一天，我经过天桥，没有见到他，桥底也没有见到那个妇女，忽然心里有一种忽得忽失的感觉。他走了吗？他老婆病危吗？还是遇到什么不测？一连几天，都没有见到他，我想他可能已经走了。我奇怪自己怎么会对一个陌生人这样牵挂。

有一天，下着蒙蒙小雨，我上班时，看到一大群路人围着天桥往上望。听路人说，有人想自杀！我看周边的人，有很多熟悉的脸孔，我的同事、领导也在其中。我挤前一望，高架桥栏杆上坐着一个人，隐隐约约看到一个熟悉的背影。我仔细一看，正是他。

上面不断地飘下来一些纸张，我捡了一张来看看，是手写的，字写得很漂亮。内容说他多次和医院交涉要求补偿，但是医院都不理睬他，这几天去找医院领导，竟然不见他，现在他老婆病情加重，走投无路只能自杀抗议。

路人看着纸张，议论纷纷。有人说，不要跳啊，跳了就什么都没有了。有人说，先下来，我们慢慢帮你解决啊。那位老伯又在自言自语地说，真是没天理啊！围观的人越来越多，路上的车也越来越多。

雨越来越大，警察和消防的人员来了。一个领导模样的人了解情况之后，开始用喇叭大声地说，这位先生，你先下来，我们会找有关部门帮你解决的！他在上面摇摇头说，没用的，他们不会理我的，你们不会帮我的，说着做出往下跳动作。那领导模样的人，又大声地说，我答应你，如果真是他们不对，政府会帮你的，这里的人都可以作证啊！

下面有几个人也开始帮忙说话了，这位同志啊，我们都可以帮你作证，政府会帮你的！下面的人和他相持了好一会儿，他犹豫了好久，终于放弃自杀的念头，开始慢慢爬下栏杆。

雨还在下,路人开始慢慢散去。想到有政府部门替他出面,我也有点放心了。我望了他一眼想走,看到他慢慢爬下来。忽然,他犹如一只断翅的小鸟,从天空直坠地面。

路人一下子全都惊呆了,他刚好重重地摔在一部政府公务车上,血肉已模糊。

雨还在继续下着。

交叉口

这是一个没有红绿灯的交叉口，东西南北十字交叉，车流繁忙，非常混乱。

我住在郊区，每天上班坐公交车都要经过这个路口。因为这路口常堵车，我每天早上都要提前半个小时起床。每次经过交叉口，车上的骂娘声不断，但交通秩序依然很混乱。

有一次，我看到一个普通人主动站出来指挥交通，司机们没人理睬他，依然争先恐后开车，很快又大堵车了。有两部小轿车不小心撞在一起，两司机大吵起来，场面十分火爆。两司机争吵着，还怪罪那个指挥的人，说他狗抓耗子———多管闲事，乱指挥，还打了他。

上个月，因为堵车，我迟到九次，经理以为我工作态度有问题，找我谈了三次话。这个月 1 日，我特意比平时早起半个小时，暗暗下决心，这个月绝对不能再迟到。那天刚好下雨，我想，交叉口恐怕又要堵车了吧。上个月，有一次下大雨，我在那里整整等了两个小时才通过。

到了交叉口，我意外发现，车流很畅顺，没有以前那样大堵车。我有点纳闷，回头望望路口，看到一个交警站在那指挥交通。一位老伯有感而发说，有交警指挥就是不一样啊！

那天，我比平常早一小时到公司。最近很多同事迟到，经理在当天的部门会议上还特意表扬我，说我工作态度好。

　　为保持良好的出勤记录,第二天,我还是早早起床。最近老是下雨,我担心交叉口会堵车。经过交叉口,车流很畅顺,不堵车,我有意看看路口,那交警站在雨中,雨水已经淋湿他的全身,他还是认真地指挥过往的车辆。那天,我比平常早半个小时到公司。

　　一个星期后,我恢复了以往的作息习惯,不再早起,上班时间依然准时。每次经过路口,我都会向那个交警投以感激的眼神,是他让我可以多休息一小时。我很想看清楚这位无名英雄,但每次他都是侧或是背对着车辆。我想写一篇文章来赞美他,题目都想好了,叫《交叉口的无名英雄》。

　　前天,我照常坐车上班,还未到路口,前面就堵满了车。车子几乎动不了,车上的人开始骚动起来。有人说,不是有交警吗,跑哪去了?有人说,没有交警就是不行啊!

　　我费尽全力望望前方,看不到那交警。我虽然很在意迟到,但却忽然关心起那交警了,他是不是病了?调离岗位了,还是……

　　那天,我又迟到了。

　　昨天,我提前了半个小时起床。车子到路口,还是堵住了。我有些疑惑,怎么今天还没人指挥交通?这时,听到车上有几个人在谈论,一个说,听说那个交警是假的,还给抓起来了。一个说,义务指挥交通还要被抓啊?另一个说,据说是穿了假警服呢。

　　今天,交叉口还像以往一样混乱。

孝心鉴定

　　凌晨一点，徐三打电话给我说，兄弟，出来陪我喝几杯吧，我在"汽思吧"等你。我还没答话，他已经挂了手机。

　　根据我不完全统计，十年来，这种情况徐三出现过两次，一次是十年前失恋，一次是五年前他母亲患绝症。徐三出大事了，我去看看他，我和妻说了一句，急急忙忙起床冲出家门。

　　我匆匆赶到酒吧时，徐三已经独自喝了半打啤酒。我笑着说，最近酒量大有长进哦！徐三摇摇头说，快过来陪我喝一杯。出事啦？我忍不住问。他迷迷糊糊地说，为什么，为什么不给我出份鉴定。

　　我试着将徐三断断续续的言语连成一串，事情是这样的。在科长位置忍耐了五年的他，今年终于等来提拔的机会，但这次竞争上岗新增加了一项考核——孝心鉴定，并且作为道德考核的主项目。一向孝顺的他，本来要父亲出一份鉴定，是件很容易的事情。但是偏偏这几天，徐三的老婆气走了他父亲。他父亲走的原因很简单，就是因为限制他的饭量。他父亲生性固执，这几天，气在头上，说了不给鉴定。徐三很了解他父亲，从来都是说一不二的，眼看到手的副处长位置，就这样没了。

　　我不解地问，你老婆干嘛无端端限制你爸的饭量？你不知道吗，糖尿病人是要控制饭量的，徐三叹了一口气说，我打了二十次电话回去，我老婆打了十八次电话道歉，我爸还是不愿意出那份鉴定。

我这才想起，今天下班时，在楼下遇到徐三的竞争对手林大牛，他刚回乡下接了父亲来省城。我不敢告诉徐三，我怕说出来会更刺激他。凌晨三点，在我劝告下，徐三终于肯离开酒吧，并答应第二天亲自回乡下找他父亲。

第二晚，我和妻在小区散步。徐三打来电话说，我爸还是不愿意出那份鉴定，折腾了一天也没办法，连负荆请罪的老土办法都用上也无效，看来算命刘说的没错，我今年没官运。没有其他办法了吗，我焦急地问，心想，今晚我可不想陪你喝酒。没有，我了解我爸，徐三坚定地说。我刚刚看到林大牛扶着他父亲出来散步呢，我一时漏嘴说了出来。今晚九点老地方见，徐三说了一句，匆匆挂了电话。没办法，谁叫他是我死党兼救命恩人。

当晚在酒吧，我多番劝说，毫无效果。十年来，徐三第一次喝醉了，他醉前说的那句话让我无法入睡。

很快月底，单位公示副处长的名单，没有徐三的名字，因为他少了那份鉴定。那天，和徐三聊天时，他说，领导找我谈话了，说提拔干部道德是首要，要我多努力，有空多向大牛学习学习，还说大牛的鉴定感动了所有人。我不忿地说，你也不错啊，这么多年一直支撑着整个家，和你老爸闹矛盾后，还照样寄钱回去。

徐三叹了口气，没有那份鉴定就是不行。我知道徐三是个很注重家庭的人。我想起他喝醉那晚说的话，心里还是有点难受。他说，为了那份孝心鉴定，我和父亲三十多年感情都没了。我劝告徐三说，明年吧，或许还有机会。不过最近，倒是很少看到大牛陪他父亲出去散步了，我八卦地说。

几天后，我下班回家，在楼下看到一部警车。楼下的人在谈论着，听说有人报警，来了警察……我没有太在意，匆匆回家了，吃饭时,远远地看到警车开走了。

　　第二晚,徐三打电话给我,兴奋地说,我被提拔为副处长了。我一头雾水地问,不是林大牛吗?徐三接着说,大牛为了那份孝心鉴定,关着他父亲,饿着他,逼他写鉴定,昨晚他父亲才偷偷了报警的。

工资卡

徐三拿到工资卡,心里乐滋滋的,今年回家可以安心点了。前几年,徐三每次坐火车回家,都要将钱藏在鞋底或底裤。

晚上,徐三兴奋地对大牛说,今年老板还考虑得真周到,帮我们办了工资卡。大牛忿忿地说,我家没有这个银行,今天下午排了半天队才取到钱呢。徐三马上打电话回家,他老婆说,家里也没有这个银行。

第二天一早,徐三步行半个小时路程来到银行。大牛说得一点没错,银行里的确很多人。徐三拿出工资卡,咨询了一下大厅的保安,保安告诉他,外面的取款机可以直接取钱。徐三马上跑出门口,取款机前排了二十几个人。一到年底,来银行取钱的人就特别多,徐三开始后悔没有早点过来。

排了大半小时,还有一个人就轮到徐三了。忽然,前面那人大骂起来,妈的,真是倒霉,轮到我就没钱了!不是吧?徐三也试了几次,取款机没钱了!后面排队的人一窝蜂涌进银行大厅,徐三也匆匆跑进去,好不容易才拿到排队号,一看前面还有 108人。

时间像蜗牛一样慢慢爬着,不时有人插到窗口办理,旁边的人说,那是 VIP 客户,可以优先办理的。徐三心想,银行的速度也真慢,跟我们挖土工人比差远了。站得时间太长,徐三开始感觉双脚发麻,座位上满是人。他想坐在门口台阶休息一下,保安跑过来不客气地说，这里是银行，不能在门口休息。徐三心里不忿地说，有什么神气的，不就是个保安吗。

徐三走进大厅看看显示牌，还有十几个就排到他了。偏偏这时，他的肚子开始隐隐作痛，都怪昨晚庆祝发工资，吃的东西太多，开始闹肚子。徐三捂着肚子，过去问保安，大哥，这里哪有厕所？保安没好声气地说，真是多事，路尾有一间公厕。保安的话刚说完，徐三已经飞奔出去了。

徐三方便回来，看看排号，刚刚过了。他趴在窗口对营业员说，大姐，我刚刚有事出去，过了号码，让我先取钱吧。女营业员不耐烦地说，过了号码只能重排，下一位！

没办法，徐三只能重拿号码排队，前面还有 98 人。他看看周边，有些人手里拿了好几张号码呢。快到中午，徐三的肚子开始咕咕叫，这次，他忍着饿，打死也不走开。还有几个就排到了，徐三忍不住兴奋，仿佛看到家里老婆和儿子期盼的眼神。

徐三把五千元工资全部取了出来，他老婆说路上人多，叫他不要带现金回去，存到另一个家里可以取的银行就行了。徐三在路边买了一个面包，边啃边走去另一家银行。

来到另一家银行门口，徐三看长龙已经排到马路外面。徐三进去问保安，在哪里取号排队？保安告诉他，这里不用取号的，直接排队就行了。前面还有四五十人，徐三只能跟在长龙后面。

前面有一个老太婆已经支撑不住，她对后面的女孩说，我先到旁边休息一下，轮到我了再进来吧。那女孩听着 MP3，哼一声点点头。徐三心里忍不住想，以前在老家买猪肉排队也不用这么辛苦啊！已经下午四五点了，长龙在慢慢缩短，徐三的肚子又开始咕咕叫了。

终于轮到徐三了，他想开个户口，存钱进去。女营业员问他，有没带身份证？徐三掏了一下钱包，才想起昨晚把身份证放到行李袋了。徐三焦急地问，大姐，没身份证能先帮我开户吗？女营业员摇摇头说，不好意思，没有身份证不能开户的。

徐三急忙跑回工地宿舍，拿了身份证就往回跑，来到银行门口，已经拉了铁闸，只准出来，不准进去。徐三对着里面的保安，套近乎地说，大哥，通融一下，让我进去办理吧。保安不耐烦地说，现在过了时间，不再办理了。徐三再次恳求，大哥，听口音是老乡吧，我明天就要回家了，方便一下吧。保安冷冷地说，老乡就更不应该破坏规定，明天再来吧！

徐三无奈地叹了口气说，只能明天一早再来排队了！

小巷深处

　　每天，我下班回家都会经过那条小巷，外面的马路经常会停满轿车。

　　我开始也没留意小巷的，直到有一天，妻好奇地问我，这条小巷外面怎么会停这么多车啊？我仔细一看，马路上停满了轿车，还有不少名车呢。我推推妻说，里面可能是开饮食店，快走吧，还要买菜回家做饭呢。

　　之后，每次经过小巷，我都会好奇地留意一下。妻还笑我，是不是想着进去看看啊？我只能笑笑答，好奇看一下而已。

　　有一天，我下班一个人经过小巷。我有意往里面看看，里面的霓虹灯忽亮忽暗的，很多人进进出出。我站了一会儿，看到有几帮穿着性感的女孩走了进去，还有几个从名车下来的有钱人，肥头大耳的，摇摇摆摆走进去。我很纳闷，里面究竟在搞什么东西啊？

　　有一对年老的夫妇经过小巷，边走边谈论。男的好奇地问，不知道里面在干什么？女的撇撇嘴说，能有什么好东西，还不是那些娱乐场所，你看看那些女孩，衣服穿得那么少，你可不许来啊。

　　这时，妻在家里打电话问我在哪里，要我顺便在楼下买包盐回去。我支支吾吾地回答，快到家楼下了。我回头一望，又有一帮穿着时髦的男女走进去了，里面熙熙嚷嚷的。

第二天,我加班很晚回家,经过小巷时,看到在马路边停了几部警车。小巷外面围了很多人,个个伸高头往里面望。我走近一看,隐隐约约听到有人在谈论,打架……砍伤……抓人……我好奇地问旁人,出什么事了？旁人说,听说里面有人打架伤人了。

一会儿,来了一部救护车,警察驱散人群,让医务人员进去。过了一阵,医务人员抬着几个伤者出来,上了车,几个人头部包着衣服,流了很多血。警察也出来了,带走了几个年青人,那些人看上去个个很健壮的样子。

围观的人群慢慢散去,我看看里面,霓虹灯依然忽亮忽暗。

每次经过那小巷,我还是会望望,心里暗暗想,是什么吸引那么多人进去？妻还是笑我,想知道就进去看看啊！我只能笑笑说,我个子小打不过人家,不敢进去啊。

一天,好友小李打电话问我,你家附近有个好地方,你知道吗？我脱口而出,小巷！小李哈哈大笑,原来你也知道,今晚一起去啊！我多方辩解,小李还是不信我没去过。

其实我也想进去小巷看看,找了个加班的借口向老婆请假,我和小李来到小巷外面,马路上依然停满了车。我迟疑了一下,硬着头皮进去了。

快到小巷的尽头,我看到了有几间运动休闲馆,里面很多人在健身运动。我们走进一间运动馆,里面有很多男女在健身,也有几个肥头大耳的。在门口,我听到有两个保安在谈论,小心看看啊,前几天就有几个混混来捣乱,还好我及时报了警。

小李从袋子里拿出运动鞋。我问他,干什么去？他怀疑地看看我,现在流行休闲锻炼,你不是来锻炼的吗？我赶紧回答,是的,是的。

阿一茶馆

阿一茶馆，是老汤第一次带我去的地方。

那天，我和老汤闲聊，我无意中说起喜欢喝茶，老汤便万分热情地带我去了阿一茶馆。阿一茶馆设在一个高档小区的旁边，门面设计简朴，白色的招牌上写着四个黑色草书大字"阿一茶艺"。据说题字的名人现在的润笔费是一千大元一个字，写两个字可顶我一个月的工资哦。

我还清楚记得那天去阿一茶馆的情景。我一进大门就被大厅那个泡茶的妙龄姑娘给吸引着了。那天下午的阳光是多么柔和，照在她那粉红色旗袍上，一切显得那么和谐。她长的很好看，白皙皙的皮肤，高高耸起的胸部，含情脉脉地望着桌对面的客人，轻轻地问，老板，这茶还行吗？那客人口里含着茶，不断地点头，好茶，好茶！她第一眼看到我时，脸上仿佛露出一点点惊讶的表情，但马上恢复了平静。

老汤向我介绍，她叫小曼，是这茶馆的首席茶艺师。还重点告诉她，以后要好好招待我。刚进门一会儿，老汤就说他有急事要先走一步，如果我看中茶叶的话先拿走，他再来买单。同去的王林告诉我，老汤是这里的常客，经常带些朋友过来品茶。茶馆的老板我倒是一直没见过，听说是个喜欢茶艺的有钱人。

她叫小曼、小满还是晓漫都已不重要，重要的是由她泡出的铁观音是那么清香，直沁我的心肺。至今，我还清晰地记得她第一次说的话,老板,怎么称呼您?我直直地盯着她,喃喃说,不会是她,她应该在读大学呢。要不是王林轻轻碰碰手臂提醒我,我可真是失态了。我连忙说,我姓徐,叫我老徐就行。她微微一笑说,原来是徐老板,请用茶。就这样,我们认识了。

每次看到小曼,我就会想起另一个人。她叫晓玲,应该也是小曼这个年龄,在一间名牌大学读书呢。她是我十年来一直资助读书的广西山区女学生,前几年,她考上大学了,给我寄了一张照片,还说毕业以后要报答我。她照片上的样子和小曼太像了。我不敢在小曼面前说起,怕她笑我用这么老土的方式泡妞。她上了大学后,就再没和我联系了。我从未想过她会报答我,只是这么多年来心里一直有一个牵挂。

老汤经常带我去那茶馆,他也经常带一些大客户和"特殊"的朋友去那品茶。我很喜欢那茶馆,除了可品好茶、吃精美的点心,还可看到心仪的小曼。茶馆有一间贵宾房,里面装修高档,全是古典的酸枝家具,墙上还陈列着一饼饼普洱茶。我有幸也进去过几次,据说只有少数贵宾才可以进去的,我在那里也找到了一点点自豪感。

我每次去茶馆,都喝铁观音。其他人都是喝普洱茶。老汤的其他朋友喝完茶,都会带走几饼普洱茶,老汤照旧会很大方说,随便拿,我买单。我一般只到茶馆喝茶,不拿走茶叶。有一次,老汤带我进贵宾房喝茶,还送一饼普洱茶给我。我推辞说,我不喝普洱茶的。老汤笑笑说,听说伯父也喝普洱茶的吧。我很惊讶,老汤这家伙真有一套,连我老爸喜欢喝普洱茶也知道。我盛情难却就收下了那饼茶。

一次,刚好有一位研究普洱茶的朋友过来,我拿出那饼茶给他看,他看完茶饼伸出一支手掌,说,起码值这个价?我问,五百?

他摇摇头。我惊叹，五千?！我不敢轻易接受老汤那么贵重的礼物，第二天我就把茶饼送回茶馆了。最后离开茶馆时，我还特意问了小曼，你是不是广西的？她迟疑了一下说，不是，是四川的。我不想当面揭穿她，她的口音一点都不像四川的。

之后，我再也没有去过阿一茶馆。因为老汤在我朋友面前说，不喜欢和我这么死板的人打交道。

不久，在一次工程研讨会上我偶然遇到了王林，王林悄悄问我，老汤的事你知道吗？我摇摇头说，不知道。王林吐吐舌头说，老汤在上次投标时出事了，还拉了一大帮官员下水，原来老汤就是阿一茶馆的老板，那茶馆给查封了，没想到那间贵宾房他还装了摄像头的。我唰地一下冷汗飙了出来，心想，还好那天把茶饼退回去了。

我好奇地问，小曼呢？王林狡黠地说，她原来是老汤的相好，据说还是个大学生呢，老汤出事后，她就失踪了，有人看到她跑到广西了。

寻找王羲之

　　我从小爱好书法，尤其喜欢王羲之的《兰亭序》。

　　在这个物质发达的年代，书法几乎成为一种奢侈，但我多年来还是一直坚持。现在很多年轻人追捧歌星、影星，我却崇拜王羲之，虽然我的书法写得不怎样。

　　我经常给儿子讲王羲之小时候学书法的故事，故事的结尾，我会很正经说，凡事只要有毅力，一定能成功。儿子似懂非懂点点头，但他就是不喜欢书法，我真拿他没办法。我只能沉醉在自己的书法梦中，有空就写写几笔。

　　书法第一次带给我甜头，是在 2003 年的某天。当天风和日丽、惠风和畅，集团公司书记下来视察，临走前，他送了几本自己的书法集给我们，说是丰富企业文化。我接过书法集，看着封面的题字，忍不住说，这字写得古朴飘逸，尽得二王笔法。书记看看我，说，没想到你们公司还有书法高手。我满脸通红说，我只是个书法爱好者，平时有空练练《兰亭序》。书记点点头说，不错，还挺谦虚的，接着连说了三个好。我受宠若惊，急忙说，书记过奖，过奖。

　　书记走后，经理找到我，说，没想到你还会书法，不简单啊。我说，随便写写的，不成气候。经理说，书记平时很少赞人的，你以后就专门接待他吧。就这样，我成了办公室副主任，我的任务是随时接待书记。

之后，我每天下班回家，更加拼命练书法，唯恐哪天书记忽然叫我现场写字。我的担心一直持续到 2005 年书记退休。那两年，我每次见到书记，心里都绷得紧紧的。奇怪的是，书记从那以后绝口不提书法。

书记退休后，有人偷偷告诉我，书记的书法是半桶水的，那书法集很多是别人代笔的。我很惊讶，怎么是这样的？我很怀念王羲之的年代。

往后的日子，我不再激情地练书法了。儿子好奇地问，爸爸，怎么不写书法了？我望望自己临摹的《兰亭序》，叹口气说，书法不能当饭吃，王羲之死了。

我以为自己不会再写书法了。2007 年的某天，儿子忽然缠着我说，爸爸，你教我写书法吧。我望着儿子半天，惊讶问，你要学书法？儿子点点头说，是的，我要学书法。我问，真是怪事，你以前碰都不碰毛笔的？儿子狡黠地说，老爸，我同学说书法是特长，学好书法，以后考重点中学容易点。我想笑，却笑不出来。

我那点书法水平，根本教不了儿子。于是，我找了本市最好的书法老师。学费当然很昂贵，为了儿子的美好将来，我豁出去了。经过两个月考验，儿子以失败告终。儿子告诉我，写书法比做数学题还难，我还是读书算了。虽然花了我五千块钱学费，但是值得，至少儿子懂得，投机取巧不可取。书法不是一时半刻可以学成的，他往后会老老实实读书。

当我去向书法老师道别时，老师忽然对我说，说老实话，你儿子不适合学书法，但你倒是很适合。我笑笑说，怎么可能？老师说，有几次书法作业不是你儿子写的。我笑笑说，他练羽毛球太累，回家就睡着了，我只能代他写写。老师说，你书法基础不错，试试跟我学吧。就这样，我成了一名书法学生。有时，老师和大师们出去切磋书艺,会叫我同去,吃饭买单的当然是我。

　　我跟书法老师学了半年,自我感觉有些进步。一天,老师说,市里有一个书法比赛,你也写一幅参加吧。我急忙说,不行的,你看我的水平……老师笑笑说,你试试,我是这次比赛的评委呢。我见老师这么热心,就答应试试。老师还偷偷说,不瞒你说,只要给点赞助费,包你获奖。我无言以对。

　　那次书法比赛,我得了三等奖。当然,我赞助了三千块钱。

七月七日那天发生的几件小事

今天，徐三从南京出差回来，给我带了一只咸水鸭。

徐三兴致勃勃地向我讲起南京的名胜古迹。他讲完后，我问了一句，你有没有去大屠杀纪念馆看看？徐三愣了一下说，没去，忘记了，听说那里很冷清。我笑了笑说，当然冷清，那里又不是超级商场。徐三接着说，不过满街都是日本货和轿车。我指着外面的本田车说，你还不是照样开本田车。徐三无语。

我找了个借口不坐徐三的本田车，走路回家。走了一小段路，我就感觉脚有点痛，开始后悔刚刚拒绝上车的行为。

前面街口有很大的音乐声，我拎着咸水鸭挤前一看，新开张了一间寿司店，派送五折卡，排队的人很多。我站了一会儿，一个小女孩过来问我，叔叔，你排不排队？我愤愤地说，不排！女孩高兴地说，请你让个位子给我好吗？我往后一看，我已站在队伍当中，后面排了几十人。

我摇摇头走开了，远远地还听到小女孩说谢谢。

我继续走路，忽然听到有几个年轻人边走边讨论。一个说，七七那天是南京大屠杀吗？另一个说，傻啦，那天是占领上海啊！还有一个说，你们都错了，那天是中国情人节。我感觉到脚很痛，手里的咸水鸭很重，扔掉它是不可能的，要是被徐三知道，朋友都没得做。

回到家，我刚坐下，女儿就吵着说，今天我要去吃寿司！我对她说，下次再去，今天不吃寿司。女儿不肯罢休，继续吵着，我那个日本小朋友说，他们每个星期都吃寿司的，我也要吃。妻听到女儿的吵闹声，走出书房对我说，今天我要赶一篇稿子，你就带她去吧，听说街口那边新开了一间寿司店。

我很不高兴地说，中国人吃什么寿司，不去。女儿还在吵着，我要去，我要去！妻不解地问，你今天怎么啦，平时萱萱一吵你就会带她去的。我大声地说，我不去，要去你们去！女儿哭了起来，妻愤愤地说，你不去，我带她去，今晚你一个人在家吃。

我无缘无故和妻吵了一架。今晚只能自己做菜，忽然想到徐三送的咸水鸭。我刚煮好鸭子，徐三打电话来了，鸭子好吃吗？我笑笑说，刚想试试呢。徐三说，我回去想了想，爱一个人可以一百年一千年，但是仇恨不可这样。我说，那就忘记吧！

我一个人吃着咸水鸭，感觉到味道怪怪的，怎么也没有以前那么美味。

今天，是 2007 年 7 月 7 日。

七十年前的今晚，日军借口一个兵士失踪，要进入北平西南的宛平县城搜查，中国守军拒绝了这一无理的要求，日军开枪开炮猛轰卢沟桥……

一只食素的狼

它是一只食素的狼。

它已经忘记最后一次食肉在何时。那片森林越来越小,它和父母被迫远离家园。在迁移途中,它目睹了父母寻找食物时,在村口被村民围攻活活打死的惨状。当时,它还小,只有几个月大,它忍着泪发誓要当一只最强壮的狼。

它需要长大,需要食物。它记得父母曾告诉它,孩子,你是一只狼!它失去父母,失去同伴,它还没学会怎样去捕猎食物。森林的动物们纷纷搬迁,留在附近的只有少数,它是其中一只。

它记得父母曾带回一只山鸡给它当晚餐,好像还有野兔。它在林里找了整整一天,也没遇到山鸡、野兔,其实就算遇到,它也不知怎样捕捉。它饿坏了,好不容易才在草丛找到一块吃剩的骨头。

它真的太饿了,连走路都觉得不稳了。在山头,它看到村边有一群牛在吃草。它开心极了,原来草是可以吃的。它尝试着吃第一口青草,苦苦涩涩的,那么难吃,难怪父母没有让它吃草。

它仍然在寻找心爱的山鸡,肚子饿时,它会吃几口苦涩的青草。有一次,它偷偷靠近山村,看到了盼望已久的鸡,它刚想扑过去,就听到有人在大喊,狼来偷鸡啦!它回头一望,一帮村民手持棍子向它围攻过来。它记得,打死父母的也是这帮村民。母亲叼着一只鸡被围攻,父亲为了救她也被围攻。它要生存,还要当一只最强壮的狼。它使尽全身力量，头也不回地逃离山村。

第二天，村民开始围攻林子，它只能继续逃离。它实在找不到一块肉，运气好时，会在草丛里找到一点残余的骨头，它只能继续尝试吃青草和野果。

时间一天天过。要不是它那天喝水，在河水里看到自己的模样，真的不敢相信自己已经长大。它很瘦，几乎是皮包骨，父母的模样已经开始慢慢模糊，但它还记得，它是一只狼。

一天，它肚子太饿了，在路边，看到一只鸡，刚想扑过去。没想到，旁边有人拿着一根粗棍横扫过来，它来不及躲闪，后腿被狠狠打中。它急忙跑开，远远的还听到那人在骂，死狗，想偷吃我的鸡！它真想过去告诉他，我是一只狼。

它奇怪地发现，走在路边，村民没有追赶它，看门狗也不再吠它。一次，天寒地冻，它在路边冻晕了，被一村民抱回家。它醒来后，村民给它一根骨头，它扑过去咬住，但一刹那，感觉骨头的味道让它有些反胃。它发现旁边有一堆草，猛地扑过去吃起来，感觉是那么可口！

村民惊叹，这只流浪狗真奇怪，怎么不吃骨头，吃青草的？它默默流下两行泪水，真想说，我是一只狼！

村民收留了它，让它看家，但它从不吃骨头。村民给它一个好听的名字——毛毛，每天给它洗澡，给它吃青草和野果。它很勤快，通宵看门，有几次狼来偷鸡都是它第一时间通知主人的。村民经常在外人面前夸它，我家毛毛看家可厉害！

要不是那几个陌生人的到来，食素毛毛的故事到此，就该美满结束了。

那晚，有三个陌生人光顾村民的小卖部，买了食物不给钱，村民和他们理论还被打得半死。毛毛咬断拴它的绳子，扑倒了两人，还把一个人的手掌活生生咬下来。但毛毛也被他们捅了几刀，倒在血泊中。警察来了，抓了那三人，后来警方证实那三人是全国通缉犯。

毛毛被送到兽医那抢救，没多久就断气了。兽医惊讶地问村民，你怎么养了一只狼？

十几天后，警方给村民送来一面锦旗，上面写着"破案神犬"。

一只死不瞑目的兔子

它是一只骄傲自满的兔子。

自从上次赛跑输给了乌龟,它就成了骄傲自满的代言人。动物王国里每个成员见到它,都会指着它说,这就是那只骄傲自满的兔子。

慢慢地,它也开始讨厌自己了。为什么上次要在比赛途中,躺在树下睡觉？赛前,它曾经是几家运动鞋的代言人;它也曾经是媒体的宠儿。它甚至开始后悔,为什么要和一只实力悬殊的乌龟比赛。但现在一切只能是充满遗憾和悔恨的回忆了。

最让它气愤的是,兔家族也开始排斥它,说它败坏了家族的名声,让它们在乌龟面前抬不起头。老兔经常当着它的面,给小兔讲它的故事,故事的最后一定会说,它就是因为骄傲自满才输的,你们一定不要学它！

它曾一度几乎精神崩溃,但仔细分析失败的原因后,它就暗暗下决心,一定要找机会和乌龟再跑一次,找回自己的自尊。为此,几个月来,它偷偷在林子练习跑步,让自己保持最佳的状态。

乌龟一夜之间成了动物王国的明星。几乎所有的运动产品都找它代言,到哪里,都有一帮粉丝追随,连小兔都以得到它的签名为荣。那天,乌龟在一广场进行第一千零一次演讲,它在台上滔滔不绝地讲,并说上次兔子如果不睡觉,我照样可以赢它！

兔子在台下终于忍不住了,尤其是昨晚狐狸姐姐的一番言语，让它更有自信。狐狸说，以前个个都知道兔子你是跑步能手，怎么可能会输给慢吞吞的乌龟，你一定要找它再赛一次！

兔子跳出来，大声对乌龟说，你敢再和我跑一次吗？我一定赢你！

乌龟刚想说，你这手下败将，比就比，谁怕谁啊！

乌龟的经纪灰狼跑出来，说，比赛的事，我们公司要重新安排后才能答应你，乌龟先生这个月的日程已经排满了。

兔子愤愤地说，我等你们的消息。

龟公司不想安排第二次比赛，它们知道兔子这次一定是有备而来的。但外面议论纷纷，说乌龟不敢比赛，成缩头乌龟了。迫于舆论压力，龟公司安排了第二次比赛，并做了一系列的策划。

第二次龟兔比赛开始了。同在上次的起点，同是大象裁判。大象刚一喊开始，兔子拔腿就跑，乌龟还在后面慢慢爬行。

比赛结果在龟公司意料之中。兔子又输了。怎么可能！兔子赛后，死也不信。狐狸姐姐安慰它说，人算不如天算，认命吧，谁叫你不问终点就跑，这次肯定是龟公司买通了裁判，改了终点，你才会跑错方向。

此后，乌龟又成为大家心目中的英雄。相反，大家看到兔子都会嘲笑它，那是自不量力的兔子。兔子还是不服气，它每次看到乌龟的运动鞋广告，都会默默下决心，总有一天，我会赢你的。

在兔子几乎失去信心的时候，它碰到了狗熊。狗熊深入分析兔子失败的原因，很有把握地说，你一定要自信，你是可以赢乌龟的，我来做你的经纪，安排第三次比赛。在狗熊的鼓吹下，兔子慢慢找回一点自信。

兔子怎么可能输给乌龟，这是常识！

狗熊到处散布谣言说，乌龟上次是出阴招才赢的，如果敢再和兔子比赛，才能证明它是真正的赢家。以乌龟的地位，可以不理会的，但乌龟听了心里很不舒服，兔崽子，比就比。乌龟不顾公司的劝告，私下答应兔子，进行第三次比赛。

第三次比赛开始了。兔子这次有狗熊做经纪，它很放心。它们详细问清楚比赛规则后，才开始比赛。还是同在上次的起点，同是大象裁判。

比赛结果是在大家意料之中的。兔子又输了。

兔子至死都不明白，它怎么会输给乌龟。它很郁闷，跑道上怎么能设陷阱？

兔子更加不会明白，大家只需要一个英雄，那就是乌龟。英雄是不能被打败的。

隔壁家的那条狗

隔壁搬来了一家人，还带来了一条狗。每次听到隔壁女主人喊那狗"阿毛"，我心里就有一种说不出的难受。

我不是一个怕狗的人。隔壁那家从不关门，每次我拿钥匙开门，那狗会冲着我吠，我有些害怕。但最可怕的还不是狗的吠声，而是它身上发出的臭味，我每次想起都会作呕。我看不清那条狗是什么颜色的，它身上脏脏的，头部有些地方是白色的，我想它应该是条白狗。

有时，我真怀疑那条狗不是她养的，她每次出门都会穿得花枝招展，而狗却是那么臭。有一天，阳光普照，惠风和畅，我下班回来，在门口遇到她，我很礼貌地说，小姐，你家的狗能不能清洁一下？她马上晴转多云，两只眼睛瞪得像灯泡那样大，高八度地说，我家狗，关你什么事！

我知道暴风雨快要来临了，赶紧开门进屋。我试想过好多办法来解决那条狗，下毒，或是用乱棍打死。每次，妻都会说，你不要多事制造矛盾。

冬天来了，我在火锅店吃狗肉时，老板告诉我，把狗按进水里，它挣扎一会儿就会死的。我想象着把那条狗按进水里的情景，心里有说不出的快感。当晚回家在门口，那狗又冲着我吠，我借着酒意，扮出一个恶相，冲着它说，我迟早把你煮火锅吃了！我抬头一看，那女主人恶狠狠地瞪着我，说，你敢，看我怎么收拾你！后面的声音我听不大清楚,或是一些恶毒的话语。

我还在继续想怎么收拾那条狗。每次听到隔壁在叫它"阿毛",我就有一种想呕吐的感觉,我的小名也叫阿毛。为此,我还想过养一只乌龟,用隔壁女主人的名字取名。但,这是不现实的,因为我更怕龟。

夏天到了,天气很热,一打开门,那狗的臭味更严重,我怀疑他们是不是没有了嗅觉。每次,我在门口要憋着很长一口气,开门、关门、进屋,才能松一口气。

令我兴奋的事情终于发生了,隔壁家那条狗不见了。那两天在我梦里都偷偷发笑,晚上还喝了啤酒庆祝。妻笑我,看你那熊样,上次提拔还没这么开心呢。

我只开心了两天,第三天那女主人敲开了我家大门,眼神很不友善地问,是不是你弄走我的狗,你为什么要弄死它！她说话的声音带着哭腔。我马上解释,不是我,你哪只眼看到是我,我才没那闲工夫理你家的狗。她发疯一般叫起来,一定是你,上次还听到你说要把它炖火锅的,你是凶手！我上次随便说说而已,我还说要当国家主席呢,我也大吵起来。她声音确实太高,我不得不关了大门才逃过那高分贝的轰炸。

当晚,我听到隔壁的女人在哭,很凄惨。我开始有点后悔以前为什么那么痛恨那条狗,虽然它的失踪和我无关。不管怎样,现在开始我可以不用听它吠,不用闻它的臭味,最重要的是不用听到唤着"阿毛,阿毛"的声音。

有一天,我听房东说,隔壁那家搬走了。住得好好的,怎么走了,我问房东。房东说,那狗是她母亲留给她的,现在狗不见了,她很伤心,认为是邻居有意伤害她的狗。房东还说,难怪那狗那么臭,原来那男女主人是对狗毛过敏的。

我到现在还不知道那狗是怎么失踪的,但是有一点是肯定的,不是我做的。

谁杀了阿毛

老徐表弟家的阿毛死了。这本是一件小事，但在这个节骨眼上，就不是件小事了。

表弟哭诉说，昨晚阿毛还好好的，一大早就发现它死了，死得好惨啊，头骨都被打碎了。

我看……这件事很严重，老徐看完现场后，严肃地说，我一定会追查到底的！

老徐刚离开表弟家，半路就遇到大牛。大牛拉着他，神神秘秘说，我昨晚看到二牛带着一支球棒回家呢，我看八成是他做的。

老徐怀疑问，二牛他敢吗，从小到大连鸡都不敢杀一只，况且阿毛那么凶猛。

大牛诡异地笑笑走开了，你不信，去他家看看。

老徐来到二牛家，二牛不在。二牛的老婆小桃在家喂猪。她问明老徐的来意，哈哈大笑说，你说我家二牛杀死阿毛，开玩笑吧，看他那熊样，还敢杀狗，再说他有杀狗动机吗？

现在的农村妇女电视看多了，说起话来也像模像样的，还知道杀狗动机。球棒在哪？老徐想亲自看看物证。小桃拿出球棒，老徐隐约看到球棒上有点血迹，好像被擦过。

老徐离开二牛家时留下一句，回头叫二牛到我家来一趟。

老徐实在想不出二牛杀死阿毛的理由。如果说过节，那要算十年前的事。当年，表弟和二牛同时喜欢小桃，闹了不少矛盾，打过一次架，那次表弟把二牛打伤了。小桃说表弟太暴力了，没有嫁给他。但这件事已经过去十年了。要说最近发生的事，那就是上次阿毛咬死二牛家的一只鸡，但是经我调解，已经和好，我们三人还在村口喝了十瓶啤酒。

老徐刚回到家，徐嫂就对他说，刚刚小林打来电话，说他知道是谁打死阿毛的，叫你打电话给他。

老徐拨通了林家的电话。小林在电话里说，我昨晚半夜去茅厕时，看到大牛带着棍子往你表弟家方向去呢。

大牛，怎么可能？今早他还向我揭发二牛，难道……老徐想了想，这件事很严重！

但按小桃的话，大牛又有什么杀狗动机呢？

徐嫂插嘴了，这理由还不简单，你忘了啊，几年前你表弟家的牛不小心踩坏大牛家的菜，两家还差点打起来了。

妇人之见，三年前的那点小事还拿来说，老徐摇摇头说。

表弟这段时间会得罪谁呢？老徐正想着。表弟匆匆跑来，说，我知道是谁干的了。然后在老徐耳边轻轻说了几句。

不可能，绝对不可能！老徐猛摇头，怎么可能是他。

但是，刚刚我家二仔说，他昨晚经过村主任家时，听到他们在商量，说什么痛打……坚决打击……表弟急了。

不可能，如果是他们的话，事情就真的很严重了，老徐严肃地说。

表弟继续说，你想想，他们的可能性最大，马上就开始村委书记选举了，村主任不想当这个书记？我这段时间四处帮你宣传、拉票，他们就拿阿毛开刀，俗话不是说杀鸡儆猴吗，他们杀了阿毛就想挫挫你的威风。

用得着这样吗？老徐叹了一口气。

这时，二牛来了。他全身哆嗦着说，徐书记，我坦白，阿毛是我杀的，是村主任威胁我干的，他说如果不杀死阿毛，明年那片地就不给我承包。

老徐摇摇头说，我真的万万没想到是他们干的，其实我已准备向镇党委打报告不再参加本次选举了，看来还得再当一届书记。

一个月后，老徐继续当选为村委书记。

二牛因为在杀狗事件中坦白有功，继续承包那片地。表弟很快又买了一条更凶猛的狼狗，继续他的书记表弟生活。

刘村主任到退休都没有当上村委书记一职，他至死都不知是什么原因。他一定不会想到，是表弟和二牛密谋帮他杀了一条狗。

一只公鼠的死亡真相

某人好事,养有一猫一鼠。

猫是母猫,鼠是公鼠。猫鼠日久生情,不觉到了谈婚论嫁的地步。

某人惊喜,多年试验终有结果了,即发微博:天下奇闻,母猫嫁公鼠,并配照片若干。顿时,此微博被相互转载,网络无人不知。

猫族召开紧急会议,此猫若嫁鼠,我等猫科还有颜面? 务必阻止这段婚姻。

鼠族召开紧急会议,此鼠若娶猫,我等生命必受威胁,猫性大发如何应对?

生态中心发表声明,猫鼠怎能通婚,如若猫鼠和平相处,生态如何平衡? 猫鼠后代如何称呼? 切切不可!

猫鼠迫于压力,协商暂分开三个月,如相聚仍相爱,再作决定。

三个月后,母猫一见公鼠,立扑过去。公鼠遭残害。

某人发微博惊称:世间难有真爱,母猫残害男友。

猫族上下一片欢腾,高呼:猫终于找回应有的威严了。

鼠族上下一片悲哀,谴责:猫不能无耻到这个地步,爱一只猫有错吗?

生态中心深深松一口气,这下生态总算平衡了!

母猫残害公鼠后,后悔莫及,她与公鼠相见前,已被饿了三天三夜,一时本性难控,才错杀男友。母猫夜夜难眠,终于自杀。

朋友告诉我,这不是一个童话。

冬　至

又是冬至了，这是我工作后的第三个冬至。

每次，领导都会安排有家室的同事回家过节，留下单身的外地人值班，这次轮到我。看着同事一个个先后回家，我心里特别不是滋味。

厨房的李姨今晚也回家了，我只能吃泡面。我来到小卖部买方便面，遇到工地的几个农民工，他们面带喜色。其中一个告诉我，今天是冬至，出来打电话回家报平安，他老婆下个月过来，准备今年春节在工地过呢。

回到工地，我按例出去巡视，准备回来再吃泡面。外面的风很大，刮在脸上很痛，我穿上军大衣冷冷缩缩地出去。工地外面的人很少，天色已经灰蒙蒙了。我经过钢筋场时，远远看到有一个黑影蹲在那里。难道有贼？我手拿木棍悄悄绕过去，那背影很熟悉。到了那人跟前，我大叫一声，你在干什么？那人手提着一个麻袋，袋里装着一些钢筋，他抬头一看是我，吓了一跳。那人竟是小王。

小王是工地的挖土工，他工作很勤快，为人憨厚老实，经常被人欺负，我还帮他出过几次头。他平时很遵守规章制度啊，怎么会来偷钢筋呢？上次工地遇到洪水时，他大胆冲在前面抢险，还受到项目部的表扬呢。

小王满脸通红，结结巴巴地说，陈……工，你怎么……会在这里？我生气地说，我要问你才是，你怎么会在这里？你是不是在偷钢筋？小王害怕地回答，陈工，你不要上报啊，我是没办法才这么做的。小王告诉我，他今天打电话回家，才知道父亲生病需要动手术，要花几万块钱，一年来他才存了两千多块钱，下午已经全部汇回去，现在不够钱买车票回去，所以才想到偷钢筋。我故意生气地说，你没钱可以先向你老板借一点啊？他无奈地说，老板怕他回去不来，不敢借钱给他，工友们也是各有难处。

我从衣袋掏出准备去存银行的五百块，塞给他说，你先拿着，买张车票回家，照顾好父亲再回来。小王感激得差点流泪，嘴里喃喃道，陈工，你真是好人了，我赚了钱一定还你，谢谢……

小王把麻袋的钢筋倒回原地，又说了几句谢谢想走。忽然，他回头问我，陈工，你今晚一个人吃饭吗，不如过来和我们一起吃火锅吧？我本想推辞，看到他很诚恳的样子，就跟着他去了工棚。

工棚里，工人们已经开始吃火锅。十几人围着一个锅，我看看锅里只有几根骨头，桌面上摆着青菜、豆腐、冬瓜等素菜。工人们见我到来很惊讶，热情地为我让位、找碗筷。喝着辣辣的红星二锅头，吃着淡淡的青菜，我第一次感受到冬至的温暖。我不断地喊着，哥们，再来一杯。吃了一会，我发现小王不见了，他们告诉我，他有事出去一下。我发觉，他们不怎么吃菜，只顾着喝酒。

喝了几杯酒，我尿急出去洗手间。在那，我听到有两个声音在谈论，一个人说，小王这人也真是的，无端端带多一个人回来吃饭，要让他多出一份钱。另一个说，我叫他回自己工棚吃方便面去了。

我来到小王的工棚，看到他正在大口大口地吃方便面。小王看到我，不好意思地说，我不喜欢吃火锅，就出去买了泡面来吃。

一种酸酸的感觉涌上心头，我大声地说，我们一起吃方便面吧，不够的话我那里还有。

小 雪

我认识小雪，是在小雪节气那天。

小雪告诉我，她是小雪时出生的，她爸给她起了这个名字。

小雪，多么诗意的名字啊！我做梦，都想找一个这样名字的女朋友。我从小在南方长大，雪花让我充满期待和向往。

小雪和我讲起家乡玩雪的趣事，我听得一愣一愣的。

我羡慕说，我好想去看看雪花。

小雪笑笑说，雪花有什么好看的，我还想去看大海呢。

我自告奋勇说，我带你去看大海吧。

她有些兴奋，迟疑了一下，说，有机会再说吧。

我和小雪的恋情很快曝光。我发现，最近同事们看我眼光仿佛有些异样。我一点都不在乎，我们是真心相爱的。

慢慢地，有些同事会在我背后议论，我一走近，他们就散开。我悄悄问室友李伟，他们在议论什么？

李伟惊讶地看着我，问，你真的不知道？

我摇摇头说，是不是在议论我和小雪的事？

李伟点点头。

我有些愤愤，我找女朋友关他们什么事？

李伟支持我说，这些工人很八卦，不用理会他们。

我记得那天是小雪。书记找我谈话，他跟我讲了很多人生道理，最后意味深长地说，你是咱们工程队的大学生，领导很看好你,年轻人要以工作为主啊。

我这才明白,书记找我谈话是想劝我不要和小雪谈恋爱。我拍胸脯对书记说,您放心,我会以工作为主的。

书记摇摇头,拍拍我肩膀说,也要注意一下单位的形象。

我不明白,我和一个女孩子谈恋爱,怎么就会影响单位的形象呢。我不想和书记争辩,时间已经是晚上六点多,我还约了小雪去逛街呢。

那天很冷,街上的人很少。我看到小雪哆哆嗦嗦站在英雄广场上。我跑过去一把拥着她,轻轻说,生日快乐。

小雪红扑扑的小脸蛋乐开花了,开心说,谢谢你还记得。

我逗她说,今天是小雪,我永远都忘不了。

小雪开心得掉泪了,说,今晚你好好陪陪我,好吗?

我笑笑说,傻丫头,以后每天都可以这样陪你。

那晚,我们玩得很开心。我带她去看电影、吃比萨、打游戏机,还蹲在街边吃烧烤、喝啤酒。小雪说,我永远也忘不了今晚。在她的宿舍,我们疯狂地享受二人世界。

第二天,我回到宿舍。李伟焦急地问,你去了哪里? 领导到处找你呢。

我不解地问,什么事?

李伟想了想,说,好像是想派你去外地管工程。

我立马洗漱一下,去办公室找领导。我师傅和几个领导都在办公室。书记开口对我说,我们领导班子刚刚研究过了,想派你去梅山主管工程,这可是一个机会,希望你好好干,不要辜负我们的期望哦。

我很激动,颤动着说,谢谢领导们的关心,我会用心好好干的!

我一直在等这个机会,当时没多考虑就答应了,尽管要离开小雪两年。

我匆匆告别了小雪,到梅山干工程。那个年代,山区交通和通讯不方便,我和小雪开始还通了几封信,后来就联系不上了。我坚持每天写日记,把对她的思念一字一句记下来,想着回来再亲口读给她听。

相思是痛苦的,幸好有个尽头。我终于挨完两年,回来时发现,单位路口的那片平房已经拆掉了。小雪租的宿舍已经夷为平地。

李伟告诉我,小雪已经搬走了,没有留下地址。

我清楚记得,我向小雪告别那晚,她答应会等我的。我声音有些沙哑了,一遍遍地自言自语着,她不可能离开我的,她答应过我……

李伟摆摆手说,没人知道她去哪了,可能搬去别处开发廊了吧。

我开始有些明白了,当年领导我派去外地,是想拆开我们,怕我和一个发廊妹在一起,影响单位的形象。

我很无奈,不知道怎样找她。为了驱赶内心的寂寞,我又选择去山区干另一个工程。那段时间,我拼命工作来忘记小雪。在山区干了四年,我开始从一个主管变为副队长、队长。工程完工后,我被提升为工程副处长。后来,我还和师傅的女儿结婚,有了自己幸福的家庭。

有一次老岳父开玩笑说,如果不是那次我提议派你去梅山工程,哪有今天啊?

我苦笑说,一切都是注定的,我们都是命运的一颗棋子而已。

岳父哪里知道,我当年回来找不到小雪时,曾经想到辞职和自杀。

一天,我带女儿出去逛街,看到有一家连锁发廊开张,招牌上写着一个很大的白色"雪"字。我心头一颤,忍不住喃喃自语,是她吗?

我走进发廊看看,室内宽敞,装修高级,价格也不低。我问前台服务员,你老板是谁? 前台女孩指着一张照片说,是他。

我看看照片,是一个男人,顿时心里有一种说不出的滋味,感觉有些失落。

夏　至

1998年的夏天，大牛从老家来省城找我。

大牛说，你是咱们村年轻人的榜样，我也要像你一样留在省城。其实我大学刚毕业，在省城好不容易找到一份工作，勉强养活自己，在乡下却被传成当官赚大钱的。

大牛家里穷，初中毕业就出来打工，裁缝、泥工、木工，什么活都干过。这几年，村里出外打工的人多了，他也跟着出来。他来省城那晚，我请他到大排档吃饭，几瓶啤酒下肚，话也多了。

要不是我家里穷，我也能上大学，在省城上班。

你小时候读书成绩好，又能打架，我暗地里以你为榜样呢。

我还是大学生的榜样，你不要吹捧我了。

你忘了，你还救过我一次呢。

那点小事算啥，如果是我掉下水，你也会救我的。

我不行，我不会游水。

哈哈。哈哈。

接下来几天，我要去工地加班，就给大牛一百块，还留下地址和传呼机号。一晚，我加班回来，见到他躺在床上。我问他，吃饭没？他答，还没呢。怎么还没吃？没钱了，我一整天没吃饭了。不是给了你一百块吗……

大牛断断续续说了这两天的事。我第一感觉是，受骗了。他在附近路上遇到一个妇女带着小孩，说钱包被抢了，没钱坐车回家。大牛傻乎乎地把全身的钱给了她。那妇女还要了地址，说回到家就汇钱过来。我听完哈哈大笑，说，那个女的我那几天看过她。大牛正经说，她说在那站好几天了，没人理她，我看她样子是真的。我摇摇头说，大牛啊，城市里不像乡下，你以后要多留个心眼啊。大牛坚决说，她不会骗我的！我拗不过他，就拉他一起出去吃饭。大牛狼吞虎咽吃了两份快餐。我直摇头，心想，真是傻，自己留着钱，还会挨饿？

当晚，我给他讲了很多出外注意的事项，比如不要随便和陌生人说话，不要抽陌生人的烟。大牛听得一愣一愣的。我见他几次张口想说话。他估计在想，怎么这样。

有一天，大牛很晚才回来。他耷拉着脑袋，坐在床上一声不吭。我问，今天面试又失败了？他摇摇头，又点点头。我安慰他，用不着这样，明天再找。这时，我才发现大牛的手受伤了，血迹已干。打架了？不是。怎么回事？帮人抢回一条项链，摔了一跤。

大牛还像以前一样爱出风头。我以前很感激他，经常帮我教训欺负我的人。但在大城市，面对那些歹徒手持刀枪，多危险啊。大牛说，我帮她抢回项链，她连谢都没说一声。我也感叹一声，现在的人啊！我偷偷看了一眼大牛，他眼眶红红的，好像流泪了。

那个夏天，台风、暴雨特别多。大牛已经找到一份临时工，暂时还住在我宿舍。夏至那天下大暴雨，工地不开工，我就待在宿舍看书。他说，今天有个亲戚来看病，请了假过去。暴雨一直下，我在宿舍待一天。晚上十点多，大牛还没回来。我洗了澡刚想睡觉，传呼机响了。外面风雨很大，我懒得出去。传呼机又响了一次，同一个号码。我冒雨出去回了电话。我问，是大牛吗？电话那头答，不是，我是派出所的警察，你是他朋友吗？你的朋友出事了，你过来一下医院。什么事？车祸。

　　我赶到医院，大牛已经去了。警察说，大牛是在白云山脚被车撞的，肇事司机弃车逃跑了。我奇怪问，晚上这么大暴雨，他怎么会跑到路中间去？警察说，具体情况还不清楚，要找到当时的目击者才知道。

　　十几天过去了，警察还没抓到肇事司机。大牛也开始慢慢淡出我的生活。一天，我接到警方的电话，说找到一个目击者，那晚下大暴雨，白云山脚塌方，有棵大树倒在路上，大牛跑到路中间挥手制止车辆，有部车开得太快，把他撞飞了……我听着忍不住掉泪，大牛，你怎么就那么傻！

　　几天后，我意外收到一封信和一张五百块钱的汇款单。我读着信，又一次掉泪了。大牛说得对，那个妇女没骗他，她回家后寄了五百块钱过来。大牛当时留了我的姓名和地址。

　　那妇女还在信里说，她现在一直教育自己的小孩，要相信这世上有好人，还祝我好人一生平安。不对，应该是祝大牛好人一生平安。

清　明

小时候，我很害怕过清明节。

清明节，本来是小孩们最喜欢的节日，可以不用上课，可以到山上去玩，可以吃很香的饼。但我不喜欢清明，因为这个原因，我甚至不喜欢吃饼。

我现在感觉清明都是冷冰冰的。当我读到"清明时节雨纷纷，路上行人欲断魂"的诗句时，我都会起鸡皮疙瘩。

那年清明，我跟大人一起上山扫墓。大人忙于清理坟头的杂草和拜祭祖先。我们几个小伙伴跑出去玩，堂哥跑到一个无人的坟墓旁，趁我不注意，他忽然拿出一个人头骨。我吓了一大跳，当时尿都流出来了。他们知道我胆子小，才找这个法子吓我。回家后，我晚上不停做噩梦，梦到那个头骨追我，我却怎么也跑不动。从此，我害怕上山去扫墓，害怕再看到那个头骨。

以后每年清明，我每次临出门前都会找借口不上山，有时说肚子痛，有时说头晕。家里本来男丁少，不去祭拜祖先，是要挨骂的。

我还没说完，奶奶就大笑起来，说你小时候胆子小，鬼才信你，什么人骨头你没拿过，还经常用来吓弟弟妹妹。

我争辩说，你记错了，胆子大的是堂哥。

奶奶不高兴说，我怎么会记错，看你现在连死人都敢开刀。

我笑着说，我是通过学医训练才大胆的。

奶奶又说，你堂哥胆子才小，自己老婆让人欺负了都不敢出头。

奶奶又说起10年前清明节村主任酒后调戏嫂子的事，当年堂哥已经痛打村主任一顿，后来村主任老婆还来家赔礼道歉呢。

这时，堂哥进来了，说，又在说那些陈年旧事啊，我都说了多少遍了，当年我没有打他，是他自己看到我自己吓倒的。

奶奶又说，你哪有胆子打人家，鸡都不敢杀。

奶奶记忆力越来越差了，堂哥就是卖鸡的，每天不知道杀多少只。

奶奶喃喃自语，今天又清明了，清明好啊，可以吃猪头肉。

我没有反驳奶奶，明天才是清明。我说，奶奶，你想吃猪头肉，我出去买给你吃吧。

奶奶摇摇头说，咱们家那么穷，哪有钱买猪头，随便买几块饼就行了，老祖宗知道我们的诚心就可以了。

我想出门去买饼，奶奶拉住我说，大牛，你不要去了，叫二牛去就行了，你陪我聊聊，我们好久没好好聊天了。奶奶的记忆力真的不行了，大牛是我爸的小名。

奶奶拉着我手说，你们都忙，难得清明才能回来一趟，我真想每天都是清明，这样你们就可以天天围在我身旁了。

奶奶这话倒说得没错。现在村里的年轻人都出去省城打工，整个村都成为空巢了，只剩下老人妇女小孩，赚到钱的人也慢慢将自己的家人接走，只留下一些不肯出去的老人，奶奶就是其中一个。

奶奶继续说，清明好啊，大家都团圆了。

我的心猛地一沉，眼泪快流出来了。奶奶是个苦命人，爷爷死得早，她每天种田好不容易拉扯我爸两兄弟成家立业。我10

岁那年,我父母出外打工时不幸车祸去世,奶奶不知道吃了多少苦才把我带大,还供我读书上大学。如今她终于可以享福了,却得了老年痴呆,她说的团圆就是想去陪爷爷和我父母。

奶奶忽然又说,你害怕过清明,奶奶陪着你,不要怕,奶奶是最疼你的。

奶奶似乎又记起了清明的一些往事。那时,我爸发现我假装生病不去扫墓想打我,是奶奶护着我、讲故事给我听。

夜色渐渐暗下来,月亮出来了。月光照着整个村庄显得特别冷清。奶奶轻轻哼起来了,过清明好啊,过清明可以吃猪头肉……

我紧紧靠着奶奶,仿佛回到小时候的幸福时光,却早已泪流满面。

暗　战

我与小万，不相往来。

不是因为他的 QQ 名叫叶孤城，我叫西门吹雪。

同年，我们同班大学毕业分配到同一单位，同一科室。一年后，小万破格提升为副科，我是他手下唯一的科员。几天后，办公室小李告诉我，小万他妈已经提升为市政府办公室主任。我是一个普通农民的儿子，我认命。

同学小凤 QQ 上说，叶孤城是皇叔，要小心啊。我说，我还是西门吹雪呢。

第二年，我考上在职研究生，小万当年四级没过关，还没拿到学位的呢。我每次想到这事，心里总是对他充满了那么一点点的鄙视。我还记得那天，我在办公室里大声地告诉科长，我的 QQ 名叫西门吹雪。我看到了叶孤城脸上那痛苦的表情。

江湖传闻，陆小凤可以夹住叶孤城的剑，不知道能否夹住西门吹雪的。

三年后，小万提升为正科，那年我提前研究生毕业，刚好赶上学历优先，也升为副科。办公室主任小李告诉我，小万他妈已经当选为市委副书记。我说叶孤城早该是处长了。

江湖传闻，叶孤城挑战西门吹雪，紫禁之巅。花满楼说，不是传闻。

第四年，小万结婚了，买房，买车；和副市长的千金，140 平方米的豪宅,宝马 320。我还单身,单位宿舍,单车,暗恋家乡村主任的独生女以及他家的电单车,唯一自豪的就是家里的两本证书。

江湖上说叶孤城受伤了,西门吹雪却若无其事的品着自己的酒。

那天大学同学聚会,小万喝多了对我说,班长,我很辛苦啊!我苦笑说,市长驸马啊,同学一场不要玩我啊。我看到了他那脸上痛苦的表情。

第六年,小万升为副处长,我作为单位最年轻的高级工程师,也提升为正科。

据说西门吹雪正式接受叶孤城的挑战。

那天我经过纪委办公室听到,万书记今早已被省纪委立案。那天,万副处长旷工。

江湖传闻,西门吹雪击败了叶孤城。

几天后,书记找我谈话,说要我去顶小万的副处长位置,我一时措手不及。据说小万的妈妈因行贿受贿判了刑,小万自己辞职了。几天后,我被提升为副处长。

江湖传闻,西门吹雪赢了叶孤城后,终日闷闷不乐。

我在想,我会不会是下一个叶孤城。

一碗猪肉

我的童年记忆是黑色的。

小时候，我住在矿区，全家只靠父亲一人挖煤维持生计。那时，我家里很穷，一般过年过节才能吃上猪肉。有时，我做梦都会想到香喷喷的猪肉，小伙伴们都笑我是"猪肉仔"。

我记忆中，第一次不是过年过节吃猪肉，是我五岁那年。那天，母亲端回来一碗猪肉，热气腾腾的。我开心问母亲，今天是什么节日，有猪肉吃？母亲沉着脸说，小孩子不要问那么多，吃就是了。我看到父亲、李大叔他们的表情都很沉重，但猪肉香喷喷的太诱人了，我三两下就吃完了。

当晚，我还做了一个梦，梦到一碗碗的猪肉在空中飘来飘去，我伸手就拿到了一碗。

那年，我慢慢发现吃猪肉的次数越来越多了。我经常纳闷，今年怎么老是过节？后来，我发现，每次有人从矿井里抬出用白布包裹的长条形东西后，当晚，矿区就会宰一头猪，每家会分到一碗猪肉，大人们都会把猪肉让给小孩吃。小孩子最开心的事莫过于吃猪肉，有时还会派一个代表到矿井附近去观察情况，回来汇报，然后大家准备吃肉，但母亲从来都不让我去。

有一次，二牛打探回来汇报，说今天看到井里抬出很多白色的东西，听说还有一个是我家隔壁的李大叔。我偷偷跑过去，看到十几具用白布包裹的东西摆在空地上，我听到旁边大人在议论,今天井下又出事了,唉,十几条人命呐。那时我才知道,白布包裹的东西就是在矿井下遇难的尸体。母亲找到我了,拉着我回家,还叫我以后不要过来。我回头望望,看到了好几个女人扒在尸体边痛哭,还有一个好像是隔壁的李婶。

晚上,母亲去李婶家没回来,我听到父亲和其他工友在谈论,多好的一条汉子啊,就这样去了,现在井下的情况越来越差了,大家要小心哦。当晚,我吃着猪肉,听到隔壁李婶凄惨的哭声,第一次感觉猪肉没有以前那么美味了。

那晚,我又做梦了,梦见一具具白色的尸体在我面前飘荡,每人头上顶着一碗猪肉。我惊醒了,父亲紧紧抱着我。从那以后,我每晚要抱着父亲的大腿才能睡得安稳。

八岁那年,我读一年级。一天,我和大牛、二牛从学校走了很长的山路,很晚才回到矿区。远远就听到一群小孩在嚷嚷,今晚有肉吃了!我的肚子开始咕咕叫,心想,太好了,今晚又有肉吃了。大牛自告奋勇说,我先去打探一下。

我回到家,母亲不在,也不在隔壁李婶家。李婶告诉我,今天矿区出了点事,叫我留在家做作业,不要到处乱跑。我做完作业,肚子很饿,还不见母亲回来。这时,李婶帮我端来了一碗猪肉。我肚子太饿了,忍不住吃那碗肉。

不久,李婶陪母亲回来了,后面还跟着大牛。母亲眼睛红红肿肿的。我问母亲,出什么事了?母亲摇摇头,没说话,泪水直流。母亲见到桌子上的空碗,泪水流得更厉害了。李婶对母亲说,你要想开一点,小孩还小啊。我有些害怕,又问母亲,出什么事了,爸爸呢?忽然,母亲痛哭起来了。李婶摇头不语,跟着抽泣起来。我流着泪,拉着母亲的手,不停问,爸爸呢,爸爸呢?大牛指着空碗说,你爸出事了,今晚吃的肉就是你爸的。

我一下子整个人都呆住了，我竟然亲口吃了父亲的"肉"。我的泪水不住往下流，远远的还能听到外面的小孩在嚷嚷，今晚有肉吃了！

多年后，我顶替了父亲的工作。后来，我也结婚、生小孩了。我知道，我的肉终有一天也会给自己小孩吃的。

但我没有别的选择。在这片土地上，矿工是唯一的选择。

进　城

他们说，外面遍地都是黄金。我和大牛、二牛偷偷离开矿区，来到这个城市。经过几十小时的颠簸车程，我只想找张床，好好睡一觉。

我第一次来到这个城市，第一次来到这个工地，第一次躺在陌生的床上，满脑都是家乡的一切，母亲、弟妹，还有家里的小蝶。我迷迷糊糊睡着了，大约半夜，一阵嘈杂声惊醒了我。一个老伯进来叫醒我们，不要睡啦，快点起来，有警察来查暂住证了。

在老伯的带领下，我们来到一条小巷避避，有几个人太劳累，蹲在墙角竟然呼呼大睡起来了。我揉揉眼睛，看看手表，深夜二点。

大约半小时，老伯回来说，可以回去睡觉了。我们跟着回到工棚，继续睡觉。我脑海里老是想起家乡的东西，翻来覆去睡不着。

好不容易挨到天亮，紧张的洗漱之后，老伯过来告诉我们，吃完早餐要下隧道挖土。我好奇地问，挖土能赚大钱吗？他们笑了起来，我看到宣传板上写着"安全生产 365 天，今天 1 月 20 日"。

吃完早餐，我和大牛、二牛三人被安排到 1 号隧道挖土。隧道内空气很差，我开始感觉有一点呼吸困难，忍不住咳嗽，我看到前面有几个老乡在拼命地挖土。

我们三人拿了风镐，也跟着卖力地挖起来。早餐时听老工人说，挖一天可以赚五十块钱。我算了一下，每个月能赚一千五，一年能赚一万八，三年就有五万多，到时我就回去和小蝶开间小卖部，好好过日子。

大约过了一两个小时，在前面开挖的一个老工人跑了出去，带来一位技术员，他们走到前面指指点点。我隐隐约约听到，老工人对技术员说，地质变差了，有时土会塌下来。

那技术员看完，示意继续开挖。他拿了一个夹子过来，要我们三个新来的签名。我好奇地问，签什么的？他不耐烦地说，不要问那么多，反正不是害你的。我看了看，那个表格的标题叫什么安全技术交底，时间写着 1 月 20 日。

我们三个继续开挖，后面运土车的司机开车水平很差，好几次差点撞到我。大牛劝我说，我们新来的不要得罪他们啊。我看到老工人在旁边抽烟休息，我们不敢跟着休息，只能继续往前挖。突然"砰"的一声，上面有一块土掉了下来，吓得我们出了一身冷汗，还好刚才没有靠得太前。

井口有人在喊，吃午饭了！我们跟着其他人爬出地面洗手、吃饭。米饭很硬，辣椒炒了几块肥肉，我肚子太饿了，来不及细品就咽下去了。我小声对大牛说，这里的饭菜不怎么样哦。大牛说，我们出来打工的，哪能吃得那么好，到时赚了大钱，就去吃香的、喝辣的。二牛也在旁边附和，我赚了大钱，一定天天大鱼大肉。

休息了一会，我们继续下隧道开挖。这次，老工人让我和大牛在前面挖。我感觉挖了有两三个小时，手有点酸痛。我停下来歇歇，看看前面，发现流出好多水。大牛说，有土就有水，快点挖吧。

大牛的话还没说完，"隆"的一声，上面塌下来土把我和大牛全身压住,只留下头部。老工人见我们被压住了,立即跑过来用铁锹拨开压在我们身上的土,二牛跑出去通知上面的人。

压在我上面的土太多了,老工人们来不及铲开。我开始感觉呼吸有点困难,眼前也开始发黑。我听到有个工人在大牛那边喊,这边这个不行了。大牛,大牛你要挺住啊,我想大声告诉大牛,我们还要赚大钱,还要去吃香的、喝辣的。

我发现自己已经喊不出声音来了,呼吸越来越弱,我的耳边不断回响着家乡母亲和小蝶的叮嘱,一定要平安回来啊!

我想,父亲当年也应该是这样出事的。今晚工地不知会不会也宰一头猪,可惜矿区的小孩们吃不到猪肉了。

醒来之后

　　我睁开眼睛，发现自己躺在白色的病床上，四周都是白茫茫的。我扭头一看，我老婆小蝶趴在凳子上睡着了，不是在梦里吧？我动了一下手，锥心的痛。

　　小蝶醒来，看到我睁开眼睛，她高兴地叫了起来，小三醒了！这时，房外面走进来两个人，一个是母亲，一个是二叔。他们怎么也在这？

　　小蝶喃喃自语，谢天谢地，小三终于醒了！母亲高兴地说，小三啊，你已经昏迷三十多小时了，医生还说你醒来的机会等于零呢！二叔插嘴了，我就说小三福大命大嘛，小时候掉到山谷一天一夜都死不了，呸，你看我净说这些。

　　我慢慢恢复一些零碎的记忆。我记起，我和大牛下隧道挖土，忽然听到一声巨响，隧道上方的土塌了下来，我和大牛都被压在下面。迷迷糊糊中，我好像到了一个很黑的地方，有一股强风吸着我进去，我拼命地往外跑，我大声叫喊，我家里还有老小呢，不要吸我进去！过了好久，风力慢慢减弱，我就慢慢睁开眼睛了。

　　医生过来了，他对母亲说，你儿子的求生意志力很强，真是奇迹！可惜这条腿救不回来了。这时，我才发现左腿绑得紧紧的，动弹不得。

　　我忽然想起大牛，我看看旁边的病床，没有人。我嘶哑地问小蝶,大牛呢?小蝶说,大牛哥没抢救过来,去了!大牛啊,你不是答应要和我一起吃香喝辣的吗,你怎么能这样就走了?眼泪已经模糊了我的双眼。大牛家里八十岁的老娘怎么办?去年刚娶的老婆怎么办?

这时,有几个领导模样的人来探望我。他们带了水果和花篮,那个花篮外面要卖一百多块钱呢。他们说了很多客套话,临走时说,放心养伤,我们会负责你的医药费的。母亲和二叔很客气送他们到门外。

小蝶对我说,牛嫂也来了,她在处理大牛的后事,我们是一起坐飞机来的,你知道吗,坐飞机原来很好玩,上面还有东西吃。这次的机票,工地的领导说了,全给报销,所以今天妈妈和二叔也过来。

我苦笑着,心里想,大牛就这样去了?!小蝶说,我上午去了工地,听他们说,可以赔十几万给大牛呢!这时,母亲进来了,小蝶不再出声。母亲对小蝶和二叔说,你们先回去休息,今晚我陪小三就行了。

小蝶和二叔走后,我问母亲,你们住在工棚吗?母亲笑着说,我们住在酒店呢,那里很舒服,我活了这么大岁数还第一次住酒店呢。母亲说,大牛的老婆哭得死去活来的,还说大牛死了她也不想活了,还好小蝶可以陪她说说话、劝劝她。

我心想,大牛和他老婆见了一次面就结婚了,有时大牛打电话回家,他和老婆都说不上几句话,她怎么会这么伤心?母亲说,大牛过几天就火化,再将骨灰带回家,工地已经请专家做事故鉴定了。

我很累,躺了一会儿又睡着了。在梦中,我见到大牛笑呵呵说,兄弟,和我一起享福去吧,不是说好一起吃香喝辣的吗?我拼命地摇头说，我不去，我还有老婆、小孩！迷迷糊糊中，我又见到大牛向我招手，说这里很舒服啊。我坚决说，不去，不去！

一夜没睡好，我第二天醒来，觉得很累。小蝶来了，她说，工地出事故鉴定结果了，说是隧道意外塌方，同意赔给大牛二十万。二叔很兴奋地说，二十万啊，我长这么大还没见过这么多钱，一定要牛嫂把钱给我看看。仿佛他已经将二十万抱在怀里了。

小蝶继续说，过两天大牛就在殡仪馆火化。

两天后，在我的强烈要求下，医生同意让我出去见大牛最后一面。一早，小蝶和二叔就去殡仪馆照顾牛嫂，以免发生意外。下了出租车，母亲用轮椅推着我进殡仪馆。

在门口，我听到里面有两个女人的声音。一个说，听说上次那个才赔了十五万，可惜我家大牛就这样去了！另一个说，至少你还拿了二十万啊，我家小三钱没赔着，还成了瘸子，还不如……

我一下子呆住了，仿佛又回到塌方的那一刻。

徐　山

　　上个月，我见到他，一个瘦小、腼腆、朴实的男孩。

　　我叫徐山，家在一个贫穷落后的山区，两年前父亲遇到山洪去世了，家里还有四个弟妹，去年我初中毕业就出来打工了，是老乡介绍我来这个工地的。我每天的工作就是挖土和搬材料，我有没有十六岁啊，我十八了啊，你看看我的身份证，不用，相信我啊？

　　我知道像他这个年龄出来打工的一般都是把年龄报大，然后造个假身份证，我不忍当场揭穿他。

　　小时候家里穷，发育期营养不够，你看我才这么瘦小。因为我个子小，大牛他们几个经常欺负我，干活的时候，他们在一旁抽烟休息却要我继续干，有时让我搬很重的材料，我不听他们的话就会挨揍。我很痛但没有哭，妈妈告诉我男孩子是不可以哭的。门卫陈伯对我很好，经常在他们打我的时候过来劝架，我不敢告诉其他人，因为不能丢了这份工。他们同村的人多，我只有一个隔壁村的成叔在这个工地，就是砌砖的那个，他也经常告诉我凡事要忍。

　　饭堂的米饭又粗又硬，我经常梦到家里妈妈煮的又香又软白米饭。这里每餐的菜谱很简单，青菜炒肥肉，有时加一点辣椒，几块肥肉经常成为我们的美味佳肴，但我不敢跟他们抢。晚上唯一的娱乐就是看电视，大家围着一个只有三个频道的黑白小电视,有时看到电视上的靓女,大家会起哄,特别是那些选美的节目。我无聊时会找点书看看,这几天在看那本《青春之歌》,他们都笑我假书生,笑我是不是想当老师。只有成叔鼓励我多看看书,有时会叫我帮他写信,我很开心可以帮他。

大牛他们有时很晚才回来,我知道他们是找女人去了。有一次,他们带我到一家发廊门口,几个穿得很少衣服的女孩拖他们进去了,我害怕地跑了回来。我经常叫他们不要去,那是犯法的,警察要抓的,他们就是不听,有时还来向我借钱。上次有个叫阿兵的被派出所抓了,带班花了一千块才赎出来的,还被赶走了。睡在我隔壁床位成叔的老婆来了,每晚的床响声吵得我睡不好,好不容易找到两块棉花塞耳,成叔对我比较好,我不会告诉其他人。

我有四个弟妹都在上学,星期三晚上九点半我会打电话到村口小店,二弟在那等。每月发工资我会寄四百块回家,一百块存进银行,自己留下五十块。我每次电话都会告诉弟弟一定要用心读书,我会赚很多的钱供他们读书。二弟告诉我家里新建了一所希望小学,三弟四妹在那读书。二弟还说,最近家里山洪又爆发了。

我告诉你一个秘密,你不要告诉其他人,我家里有个相好叫小蝶,住在我家对面,是我小学的同学。我出来打工的时候,答应她等我赚够两万块就回去和她结婚,然后到镇里开一家小店。想她的时候我就会写日记,我会把心里想说的话写在本子上,写满了就寄回去给她,她还寄了照片给我。

那天离开工地时,我对他说,好好干吧,赚多点钱就早点回家吧,这里太辛苦了。他冲着我笑笑说,谢谢你,你真是一个好人。

这几天下暴雨,我经过工地想起徐山就进去看看,发现工地里面静悄悄的,我碰到了成叔。成叔告诉我,工地出事停工几天了,徐山出事了。那晚暴雨淹了工地,当时没人敢去挖开基坑排水沟,带班说谁去就给一百块,没想到基坑塌了把他给埋了,送去医院的路上就没救了。临终前他还说要把一百块和他存的钱一起寄回家,多好的孩子啊!

有一天,我到那个工地,看到一个很像徐山的背影,忍不住叫了一声,徐山。那人转过头来笑笑说,你认错人了,我叫小齐,是老乡介绍我来这里的……

意　外

　　大牛这几天很兴奋，因为他老婆小桃来了。

　　去年春节，大牛买不到回家的火车票，小两口已经一年多没见面了。这次，小桃决定过来工地过年。在工地干活很累，大牛有空看看老婆和儿子的照片，就觉得干活特有劲。

　　这几天，刚好碰上年底工地整顿农民工宿舍，不许女家属在男工棚过夜。大牛只能把小桃安顿在女宿舍，到了晚上，两人出去街头逛逛聊聊。腊冬的晚上，街上北风呼呼，刮在脸上很痛。大牛冷缩缩地说，这么冷天，不如去开房吧？小桃摇摇头说，不要浪费钱啦，还是存多点钱给儿子上学吧。

　　二牛偷偷告诉大牛，男工棚中午一般没有人，可以和嫂子在那好好聚聚。大牛约好小桃中午在男工棚门口等，自己找了个借口向工长请了两个小时假。大牛买了两包双喜香烟，塞给门卫陈伯，不好意思地说，我老婆过来帮忙收拾下东西，通融一下，让她进去吧。陈伯狡黠地说，快点呵。

　　久旱逢甘露，大牛夫妇俩亲热一番后，大牛抱着小桃说，我已经和工长说了，让他安排一份工给你，到时我们就可以在一起了。小桃满怀希望地说，等我们存够两万块钱，我们就回家开小店，好好照顾儿子。

　　大牛看看时间，快两点了，他先匆匆回工地，还告诉小桃收拾一下就出去。大牛走后，小桃收拾床单时，发现大牛的工地出入证掉在床上,想想回去也没事干,顺便拿去工地给他。

大牛回到工地,二牛偷偷问他,怎样,这次满意不?大牛敲了下二牛的头,笑笑说,你这小子,可不要学坏,小蝶在家等着你呢!大牛干了一会活,老觉得右眼皮在跳,心想今天自己可要小心点。

不一会儿,大牛就听到有人在喊,快来人呐,出事啦,有人被起吊的钢筋砸到了。大牛本能地跑过去钢筋场,看到一扎钢筋洒落砸在一个人身上,走进仔细一看,那人身上的衣服正是小桃出嫁时穿的红棉袄,手里还拿着一张出入证。

大牛发疯似的边搬钢筋边大喊,快来帮忙啊,她是我老婆。二牛和其他工友也过来帮忙,搬开了部分钢筋,大牛扶起小桃的头部,她已经面目全非。

小桃已经断气了,大牛整个人呆着了。有人说,快点送医院啊。有人说,送也没用了。工地来了很多管理人员,门卫李叔紧张地辩说,我叫她不要进去的,她硬是要进去。

整个下午,大牛都待在工棚床上,两人亲热的情景忽隐忽现。二牛过来安慰他,他一句也听不进去,心里老想着,小桃才来工地三四天……

工地的领导立即帮大牛安排小桃的火化事宜,还告诉大牛,小桃的事是意外。大牛仔细想想不对劲,找来二牛商量,人在工地出事,一定要工地赔偿。

一连三天,大牛都去找工地的领导要求赔偿,他们个个都推说不是自己的职责范围,最后一次竟然闭门不见。

第四天下午,工地忽然来人,叫大牛过去办公室商量赔偿的事。这次,工地领导的态度大大超出大牛的意料之外,他们很爽快,答应给大牛五万块赔偿费,但要他在收条上签字,还说以后各不相干。大牛再三想想,纠缠下去也不是办法,还是先拿钱回家吧。

大牛揣着五万块钱走出办公室,在门口看到有人在挂横幅,上面的金黄大字写着"欢迎各级领导参加安全文明样板工地评审会"。

选美男

一大早，我和徐三到办公室上班，就听到同事议论纷纷，听说单位要选两个男的，要求五官端正、身材标准的，明天去参加上级单位的大型活动。

我笑笑说，这不是选美男吗？徐三说，这年头啥事都有啊，昨晚刚看了电视的选美，真是折腾人啊！几个同事还在议论着，听说这次大型活动可以见到好多省市领导，可能是个机会呢。

我不禁想，以我一米八的身材，要是真的选美男，应该也能选上吧。徐三和我住同宿舍，他是一米七九的个子，我们经常打羽毛球锻炼身体，身材是没得说的。我冲着徐三会意笑笑，徐三也在点头示意，仿佛对"选美"充满信心。

上午八点半，办公室刘主任通知，各部门推荐几名符合要求的男子参加，单位已临时成立五人评选小组，刘主任当组长，十点钟开始评选。

沸沸腾腾的推选活动开始了。结果推荐了二十几人，我和徐三也在其中。会议室成了临时评选中心，每人面试五分钟，从身高、体重、五官、年龄各方面进行考核、评分。通过紧张的第一轮面试，评出了前五名，我和徐三也在其列。下午再进行最后一轮面试，角逐前两名。

中午下班前，徐三找我商量，要不要找刘主任沟通一下啊？我表示赞成，还建议说，每人出一百块，请刘主任吃饭。

吃饭时，我试探问一下刘主任，这次到底是什么活动，这么兴师动众？刘主任摇摇头说，具体也不清楚，只知道上级领导对这次活动很重视。徐三笑呵呵地说，上级领导这么重视，准错不了！

下午，第二轮面试开始了。这一轮的竞争更加激烈，个个条件都差不多。评选小组增加了语言、仪态、曲艺表演等考核项目。我是单位的团支书，经常参加各种文体活动，自然是占很大的优势。我有点担心徐三，他面试出来，我赶紧问他，怎样？徐三长长舒了口气说，还行，估计没问题。

第二轮结果出来了，我和徐三以前两名入选了。看着同事羡慕的眼神，我们两人开始有点得意了，异口同声地说兄弟俩"同富贵、共患难"！

下班回到宿舍，我和徐三正在讨论明天参加活动的衣着问题，刘主任打电话给我说，刚刚接到上级的紧急通知，因为名额限制，只选一人参加。我对刘主任说，我和徐三先商量一下再答复你。

我接完电话，徐三笑呵呵地对我说，这次让让我吧，你下半年就要升副科了，我在单位混了几年还是个小兵，说不定这次就是个机会呢。我心想，这么好的机会，说不定能让我更进一层，凭什么要让给你啊！我也笑着说，按排名我第一，应该我去，而且我也需要这个机会啊！

徐三一下晴转多云，大声地说，还说是好兄弟，这点好处都不让，你答复刘主任吧。他说着摔门出去了。我心想，我去可是凭实力的，你去行吗？还发这么大脾气。徐三出去后，我答复刘主任，说就按排名决定谁去吧。刘主任说，要请示一下领导再通知我。

晚上，我等了好久，刘主任一直没有打电话给我。大约十点钟，我终于忍不住打电话给他。刘主任呵呵哈哈地说，正想打电话给你呢，领导定了徐三去。我不忿地问，凭什么是他去？刘主任说，领导说了，徐三是正式党员，你只是预备党员！

我在宿舍里闷闷不乐的时候，徐三哼着歌儿回来了。我哼了一声，神气！徐三笑笑说，刘主任通知你了吧，明天我去，我要洗澡了，今晚要早点准备一下。徐三洗澡去了，我忽然看到地下有一张商场的购物小票，上面写着：中华香烟两条。

我简直气坏了，徐三你这个卑鄙小人，竟然使用这种下三流手段，我要和你断绝兄弟关系！当晚，我翻来覆去，心里越想越气，一夜睡不着。我也听到徐三在床上翻来覆去的声音。

第二天大早，徐三穿着西装，打扮得漂漂亮亮出去了。晚上，我正躺在床上发闷，看到徐三开门进来。我不怀好意地问他，今天一定见到不少领导，收获不小吧？

只见徐三一屁股重重地坐在床上，耷拉着脑袋，有气无力地说，原来大老远跑到乡下，是给一位领导母亲的葬礼当列队。

宝宝不见了

徐三的老婆晓玲打电话给他说,宝宝不见了!

这可急坏了徐三。徐三中年才得子,每天都把儿子当宝一样捧着。怎么会这样?徐三焦急地问。

今天放学,小桃去幼儿园接宝宝时已经不见了,晓玲急得快要哭出来了。

徐三心想,不会是被人绑架了吧?前天报纸上还报道了几个农民工要不到工资,绑架包工头儿子的事。徐三尽量不往坏处想,却控制不住自己的思绪。昨天,有几个农民工找徐三清算工资,要提前回家,被他骂得狗血淋头。现在正是赶工期的时候,工程做到一半就想走,没门!

那几个农民工离开前,恶狠狠地抛下一句:不给钱,我们会让你好看的!

徐三心里暗暗骂自己,当时怎么没把他们的话当真,要是宝宝落到这帮人手里就麻烦了,宝宝每天放学回家要喝牛奶的,万一真的……一定会饿坏他的。

徐三匆匆赶到幼儿园门口,老婆和保姆都在那里。晓玲紧张地问徐三,要不要报警啊?徐三不敢将自己的猜想告诉老婆,只是安慰她,先不要报警,不要急,慢慢找。

平时,幼儿园值班老师都会跟一个个家长核对后,才让家长领走小孩的。刚好今天老师生病,实习老师一下没看住,宝宝就跑出去了,还以为家长带走了。徐三到幼儿园时,园长正在训那个实习老师。徐三一团火不敢发作,前几天还刚刚请了老师吃饭的。

园长向徐三夫妇道歉,说她已经派人四处找了。徐三摇摇头说,就怕给人……话说到一半收了回来。晓玲不停地掉眼泪,嘴里不断说,该怎么办呢?

为了保险起见,徐三打了电话给岳母,问她今天有没来接宝宝?岳母正在社区练扭秧歌,她气喘吁吁地说,我已经一个多月没见到宝宝了,老头子也在下棋没过去接,是不是宝宝出事了?徐三知道岳母有高血压,不敢告诉她实情,只是敷衍她说,宝宝没事,只是顺便问一下,这个周末就带他过去玩。

徐三听老婆说,宝宝和对面家的小孩同班,经常一起玩的。他拨通对面李姐的电话,急忙问她,我家宝宝有没有和你家小函一起?李姐惊讶地说,我去接小函时,已经没见到你家宝宝了,还以为你们接走了,最近要小心,报纸都说了有人绑架小孩的。徐三匆匆说了谢谢,心里更是七上八下。

徐三夫妇和保姆分头从回家的路沿途找回去,也不见宝宝。园长打来电话说,她们搜索了附近的道路,也不见宝宝,还不停地说对不起,她会处罚那个老师的。徐三忍不住发了火,处罚有屁用啊,匆匆挂了电话,心里却像火烧一样。

已经七点多了,宝宝已经不见了两个多小时。徐三越想越后怕,赶紧打电话给工地的财务,叫她立即将昨天那几个农民工工资给发了,另外每人多给五百块作路费,不要问原因。

冬天的街道很冷清,老徐只能徒步找自己的儿子,全身不停地冒冷汗。财务打来电话,说刚刚已经给农民工清算完工资了。徐三重点问了一下,那些人有没有什么异常表现?财务说,没什么异常,他们还很感谢你啊。

难道不是他们?徐三心里越发虚,平时在工程投标时,得罪不少人,会不会是他们啊?上次,自己压低标价中了一个大工程,他们还扬言要收拾我,如果宝宝落入他们手里,麻烦可大了,怎么办?要不要先报警呢,徐三心里胡思乱想着。

这时,徐三的手机响了。

晓玲从家里打来电话,兴奋地说,宝宝找到了!原来宝宝在幼儿园门口,看到有人手推车卖泥公仔,一时好玩跟了出去,没想到越走越远迷了路,是警察送他回来的。

考 核

老板是个狡猾的家伙。年初,他宣布实行德育考核制度,如通过月底考核,每人可得五百元奖金。

这个消息振奋了我们很长一段时间。第一个月,大家全力准备,等待考核到来,结果老板叫人在办公室门口泼水,没人清扫,全部不合格。第二个月,老板以厕所太脏为由,又全部不合格。第三个月,以复印时浪费纸张、不环保为由……几个月过去了,大家都没拿到五百元奖金。

今天三十号了,一大早,李姐和小林就在办公室窃窃私语。李姐说,如无意外,过了今天就可以拿到五百元奖金了。小林笑笑说,没那么简单,小心为妙。

办公室整理得很整齐,地板、厕所也打扫得很干净。老板下来过一次,大家都很努力地干活,他离开时满意地回头笑笑。大家都松了一口气,李姐开心地说,这个月五百块钱应该没问题了吧,她已经开始购物计划了。小林也开始构思下个月的谈恋爱行程,远离的西餐、电影又回来了。

中午,同事们都外出吃饭,我因工作未完成留在办公室吃泡面。他们回来时,个个脸带笑容,手里拎着一袋梨子。李姐高兴地说,今天你不去真是亏了。我问,什么事?她笑而不语,给了我一个梨子,说是在门口买的。梨子很脆很甜,真是不错,最近天气干燥,我也出去买几个回来润润喉。

在门口，我看到一位衣着破旧的老伯在卖梨，口里喊着，又脆又甜的梨子，一斤三块钱呐！梨子真的很新鲜，我挑了几个。老伯称一下，两斤一两，六块钱。我找了一下钱包，没有零钱，给了他一百。老伯找给我三张纸币，一张一百，两张两块的。我愣了一下，心想，怎么给这么多钱？老伯继续叫喊着，又脆又甜的梨子，一斤三块钱呐！

我迟疑了一下，心想，不要贪图小便宜，老人家大热天这么辛苦卖梨不容易。我把钱退给他，说，不好意思，你找错了。老伯不高兴地说，我还少找你钱了？我解释说，是你找多了。老伯不高兴地说，我怎么会找错了，不可能的，你不要蒙我！我心想，明明是你找错了，还在硬撑，我解释说，我给你一百，两斤梨六块，应找我九十四，你给了一百零四。老伯嘴里还喃喃自语，明明给你了九十四块，怎么无端多了张一百的，是不是你搞错了？虽然我有点烦，但不想欺骗一个老实人。我再给他解释了一遍，这回他终于明白了，找给我九十四块。老人感激地说，你真是个好人，好人有好报。

一直到下班，老板都没有下来过。下班时，大家兴奋地说，可能这回老板良心发现，想给我们发奖金了。我一下午忙着干活，忽然才想起考核的事，心里纳闷，怪事了，今天老板怎么没下来突击检查？

第二天一早，我到办公室，一进门就看到一群人围着公示栏议论。我挤上前一看，上面写着"除了徐三，其他人的德育考核全部不合格"。同事们追问我原因，我也一头雾水。李姐阴阴笑说，是不是昨天中午老板下来过？小林不忿地说，是不是你出卖我们，怎么可能就你一个人合格？我不知如何作答，心想，老板，你把我给害惨了！同事你一言我一语，叽叽喳喳吵个不停。

忽然，大家静了下来。我抬头一看，老板过来了，他微微笑说，昨天的脆梨很甜吧？你们都买了吧？那是我的家乡特产，多找的钱我叫财务在下个月的工资里扣回。

一百块哪去了

怎么会不见的呢？老徐边走边嘀咕。

出门前老婆的骂声还在耳边回响：昨天给你的一百块到哪去了？你是不是出去鬼混了啊？不是，你给我说清楚，不然下个月的零花钱别想要了。

结婚半年后，几次造反不成功，现在彻底被女权政府镇压，含泪签下"以维护老婆利益为荣，以伺机造反为耻，以全部工资奖金上缴为荣，以保留小金库为耻"的新原则，并即时举行财政大权移交仪式，才得以和平共处。

昨天，刚刚领取了这个月的两百块零花钱，谁知不见了一百，到底谁拿了？昨晚剪完头发还有一百八十五的，该不会是搭车给偷了呢？现在的小偷很猖狂，估计是在车上被偷的。不是啊……昨天周末休息，没有出去啊。会不会是找钱的时候掉了呢？也不可能啊，上楼的时候看了钱包的，还是一百八十五的。

老婆出门前要求下班前汇报的，去哪里找啊？不会是老婆自己拿走，然后设局让我自己招供吧？自从上次请了同事小林去洗脚的事被老婆知道后，整整被训了一个星期，现在还经常不定期突击检查钱包。根据经验，老婆气愤的面部表情和高亢的声带告诉我，应该不是她故意拿的啊。

不行，还是找老李求救吧？他上次丢了钱包不敢告诉老婆，还是我先借钱给他的。不会吧，老李你也弹尽粮绝啊？怎么办呢？

找科长借吧,回去就说买了单位的资料,先垫了一百块。不行,科长这人很八卦,让他知道了还不等于全世界都知道了,打死也不能向他求救。小周应该有钱,刚毕业又没有家庭负担,就找他。你今晚请女朋友吃饭还不够钱啊,小声点,不要把我的事告诉其他人,不然我爆你暗恋处长老婆的料。你不敢?算了,不打扰你了。

老婆的电话来了。我再想想,下班前应该能想到的。没有,绝对不是麻将输的,不是!不是!到底那一百块哪去了?

午饭的时候,在饭堂老徐看到一群女同事指着他窃窃私语,还隐隐约约听到:男人有钱就会变坏,一定要看紧他的钱包啊,不要像某某人啊。一定是哪个八卦的把我不见钱的消息唱开了,不要理会她们,清者自清。打完饭,回到男人世界,司机老陈拍拍我肩膀说,不错啊,学坏了,哥们撑你,要不再来一次政变啊?我不是啊,我想解释,但是一帮哥们起哄了,我还是相信清者自清。

中午休息的时候,科长过来小声地对我说,小徐啊,有什么好玩的地方一定要介绍给我啊,不要独自去偷欢。不是啊,科长,你还不了解我?哈哈,我就是了解你,要不要我先借你一百,不用?

不行,丢钱事小,失节事大,老徐决定电话请教号称"百事通"的死党。你是不是真的丢了啊。千真万确啊,我还骗你啊,有什么办法啊,今晚回去要给老婆一个交代的啊!哈哈,是不是偷偷去了一百块两个小时的按摩享受啊,你就直接和老婆说吧。怎么说,就是丢了啊,你也没办法啊。

为了表示诚意,老徐一下班就赶到老婆单位门口接她,在回家路上看到有一家保健中心打出"按摩优惠:两个小时一百块"的横幅,老徐赶紧用身子挡挡,好险!看到的话跳到黄河都洗不清啊!

回到家，老婆想起了今早的事，那一百块哪去了啊？我还没想到啊，是不见了啊。还没想到啊？到底哪去了？

　　这时，门铃响了……

全民微阅读系列

山东老师

我真不知道该用什么方式去怀念他。

当他第一次站在讲台上，用洪亮的声音自我介绍，我是山东来的。课室里立即哗然一片，同学们闹哄哄的。我们的当地方言"来"与"梨"是同音的，第一节课后，同学们就偷偷叫他"山东梨"。给老师起外号是很不礼貌的，校长在思想教育课中教导我们。我现在回想起来都觉有些内疚，"山东梨"是我第一个叫的。

他是我小学的语文老师，一米八几的帅哥。女生们喜欢他，有几个还说他是偶像，惹得一帮男生很妒忌。他初到富镇，不懂地方语言，我们就经常用方言写文字捉弄他。但他很少发脾气，是我见过耐性最好的老师，要是换了别的老师，我们早被暴打一顿了。

其实，他毛笔字写得好，普通话说得标准，大学毕业的，绝对符合一个好老师的标准。但我们就想挫挫这个外地老师的威风。一天，他忽然叫我去办公室谈话。那帮同学煽动我，不要怕他，和他斗到底。我还是有些忐忑不安，是不是我今天在黑板上写字，他要处罚我呢。出乎我的意料，他没提起今天黑板写字的事，反而想叫我当语文科代表。他说，你作文写得好，以后多用心，会有所成就的。我离开时，他送我两本书，一本是小学生优秀作文选，一本是中学生字帖。

那两本书改变了我。我一改以往捣蛋的恶习，带着班里男生一起学习、练毛笔字，也不再和老师作对，但大家有时会有意无意叫他"山东梨"。

　　说到我们不再捉弄他，还不得不说起另一件事。他是单身带儿子来富镇的，师母去了哪里呢？为何不见他儿子出来玩耍呢？我们都很疑惑。一次，我去教务处交作业本，听到两个女老师窃窃私语，我仔细一听，在议论他，说他老婆跟人跑了，自己才带着儿子来南方，他儿子好像得了什么麻痹症。我发动同学查阅资料，才查到一种叫小儿麻痹症的，书上说，严重的话会瘫痪。我吐吐舌头说，就是说老师的儿子手脚不能动。难怪他每次课间匆匆跑回家，回来时经常满身大汗。

　　同学们开始同情他。在富镇，带小孩是女人的事情。他是镇上第一个带小孩的男人。我们想帮他做点家务，但他不允许，或许不想让他儿子受到打击吧。关于他老婆出走的传闻很多，我一直相信这个说法，他老婆不愿意一辈子养麻痹症的儿子因此弃他而去。

　　让我们欣慰的，有个女老师喜欢他，经常去他家帮忙做家务。那女老师长得虽不好看，但我们很想凑合他们。因为他儿子的原因，愿和他一起生活的女人实在不多。有一天，他没来上课，我去教务处找他，看到他和那女老师在校长办公室，女老师抱头痛哭。我听到几个女老师议论，看他人挺老实的，没想到还会欺负女人。男老师奸奸笑，男人哪能离得开女人，况且他是个精力充沛的男人。

　　我一直不信他会做出这种事。他一言不发，默默抽烟。学校说他调戏女老师，给他记大过，赔偿女老师五百元精神损失费。那段时间，他变得很沉默，平时不说话，只有在课堂上才恢复侃侃而谈的本色。

中学毕业后，我就再没有联系他。去年，我工作不顺心，休假回老家，无意中碰到他。他在市场旁摆摊帮人写对联。他一眼就认出我，拉着我的手，说，早就知道你会有出息的，听说还当了大官哦。我问他，生活怎样？他含含糊糊说，将就着过日子。

家人告诉我，他这几年生活很穷困，退休后一直帮人写对联，一天赚不了几个钱，最近他儿子又犯病，花光了所有的积蓄，还负债累累。

临走前，我专门去拜访他，还问了他埋藏在我心里多年的疑惑，当年师母是怎么离开的？他笑笑说，常年旧事就不要再提了。我再三请求，他才说了出来，当年不是师母抛弃我们父子，是我不想拖累她，才把她送回娘家，借口说给儿子治病跑到这里的，听说她后来嫁了一个好人家。

忽然间，我觉得他的身影慢慢高大起来。我忍不住又问，那女老师又是怎么回事？他苦笑着，当年她执意要嫁给我，威胁我说，如果不娶她就告我非礼，我不想连累一个好女孩，只想一个人好好照顾儿子。

临别时，我请他写一幅字。他欣然答应，写了一幅"破釜沉舟，百万秦关终属楚；卧薪尝胆，三千越甲可吞吴"的行草条幅鼓励我。我拿出装了一千元的红包塞给他。他不肯拿，说，怎么可以收你的钱。我感激说，这是学生给老师的礼物。他接过红包，双手不断颤抖，双眼含着泪水，嘴里不断说，太谢谢了！

前几天，家人打电话给我说，你那个山东的老师去世了。我惊讶问，他儿子怎么办？家人说，他儿子三个月前已犯病去世了，不然他哪舍得走啊！

童趣三题

1.等粥钵

小时候，等粥钵是我们这帮小朋友最开心的事。

等待本是漫长的，但因有目标而充满期待。那时，每家每户都很穷，大家经常吃不饱。每餐不是白粥咸菜，就是番薯萝卜干，还不能吃饱。父亲们去地里干活，中午有人送粥去，一到傍晚时分，就成了我们最期待的时刻。每个小朋友都会去箩筐边找自己父亲的粥钵。

粥钵一般是瓷钵，每家粥钵的颜色大小差不多，大多是土黄色，但在我们这帮小朋友眼中却从不会认错。送粥的大婶一放下箩筐，我们就能清楚找出自家的粥钵，这个是你家的，那个是我家的。大家各自捧着粥钵仰头喝剩粥，有人用舌头把米粒舔干净，有人干脆用小手刮米粒出来吃。大家享用完剩粥，各自带着粥钵回家。有时，大家会讨论一番，今天我的粥多，今天我的米粒多，今天的粥很香哦。虽是冷冷的剩粥，却品出浓浓的趣味。

一天，我们都在找了自家的粥钵。大牛大叫一声，这么多粥啊！我们看到满满的一钵粥，好像没吃过一样。大家都很羡慕他，说你爸对你真好。大牛开心得两眼发光，用小手拼命掏着吃，他吃得太急不小心呛着，不停咳嗽。我两三下吃完自己的粥，过去帮他拍拍背。大牛感激掏了两小手粥放进我的粥钵，说，有粥一起吃。我捧起粥钵，仰头就喝。

第二天，我们都找到自家的粥钵。大牛却找不到他家的，着急喊起来，谁看到我家的粥钵？大家都说没看到。大婶说，今天中午你家没送粥去地里，你爸没去地里干活。大牛急着哭起来了。刚好我今天的剩粥多一些，喝了一口就将粥钵递给大牛说，给你吃一口吧。大牛擦着鼻涕，接过粥钵，露出笑脸，仰头就喝。

之后几天，大牛都没等到他家的粥钵。有人说，他爸逃港去了（那时偶尔会听到有人偷跑过去香港）。大牛呆呆蹲在路边，两眼死死地瞪着我们吃粥。我看到大牛可怜的眼神，心里不是滋味，忍不住叫他一起吃粥。其实我的粥也不多，可每次大牛也不客气，我刚想说，给我留点，他已一口气喝完。

富镇的女人很少去地里干活的。大牛的父亲不见后，他母亲无奈只能下地干活，中午的粥只能让他奶奶煮。他奶奶很吝啬，每天只给他母亲送些粥水。他母亲白天地里干活，回家还要干家务，还整天吃不饱，终于有一天偷偷跑了。后来听说他母亲改嫁到山区了，她说至少可以吃餐饱的。

父母不在，大牛成了一个没人要的野孩子。他每天不能再和我们一起等粥钵，不能和我们一起分享喝剩粥的快乐。慢慢地，小朋友们也不和他玩。大人说他父亲不负责任，自己一个人逃港去了。小朋友取笑他母亲改嫁。改嫁在富镇对家族来说是一种耻辱。

我没理会别人的看法。大牛是我的哥们，我还是经常叫他和我一起喝粥。

等粥钵的习惯，我们一直坚持到九岁上小学。大牛的一句"有粥一起吃"，让我和大牛成为铁哥们。

2.捡柑皮

我的铁哥们还有二牛,他是大牛的堂弟。

二牛比较机灵,经常会留意一些外面的新事物。比如夏天有人收购晒干的田石榴,二牛就提议去拔田石榴。我们三个偷偷跑到田地里去拔田石榴,然后晒干去卖,有时还能卖几毛钱,这对我们来说可是一大笔钱。

这次,二牛又打听到有人在收购晒干的柑皮,据说有药用效果。我们全副武装,每人找了一根铁丝,铁丝一头磨尖,弯成弧形,肩上背一个破彩条布袋。三人统一服装,看上去极像某个组织的成员。我们称自己为铁牛帮,意思是感情像铁一样,干活像牛一样。

第一天,我们在家附近捡柑皮,一天下来战果不错,每人捡了半袋柑皮。我们三人捡时,有个游戏规则,谁先看到,只要你说哪块是我的,那就归你了。有时我和大牛同时看到,大牛经常会让我。大牛眼力很好,他说自己在黑夜里都能看到东西。

开始几天,我们的战果还不错,其他小朋友听说柑皮可以卖钱,也跟着我们一起捡柑皮。一天下来,还捡不到原来的一半。大牛提议,这里人太多,要去其他地方去捡才行。我和二牛都赞同。跨地头是有风险的,这是后来我们才总结出来的。

我们跑到隔壁社头去捡柑皮,开始没有人注意我们。下午时,有四个男孩过来找茬。一个男孩问,你们是哪个社头的,竟敢在我们这里捡东西? 大牛也很冲,地上东西是你家的啊? 那人冲上来,说,就是我家的,把东西放下! 说完四人围着我们。

大牛和二牛长得高大些,我从小瘦小。大牛将袋子塞给我,冲着那人大叫一声,有种就和我单挑!那人二话不说,冲上来一个直拳打向大牛。大牛从小就打架长大的,只见他人身体一闪,那人一拳落空。大牛一个勾拳打中对方的鼻梁,那人鼻血直流。那人一手捂着鼻子,对着同伴大喊,快上,给我打!

二牛拉着我,说,快跑!我们三人像兔子般飞快跑回祠堂附近,喘了半天才缓过气。二牛说,为了捡点柑皮,被人打伤不合算,还是算了吧。大牛不甘心,说,怕他们干什么,明天还去,见一次打一次。我也劝大牛,算了吧,打伤了人,被大人知道就麻烦了。大牛唯一怕的就是他奶奶,要是让他奶奶知道就不得了。上次大牛打架,被他奶奶足足吊了一天一夜,直到他说不敢才放下来。

我们只能继续在自己的社头捡柑皮,但僧多粥少,捡到的数量一天比一天少,最后我们也不捡了。全部晒干的柑皮才卖了一块多钱。我们三人拿着钱很兴奋,密谋着某天干一件大事。

后来电影院放映"少林寺",我们用自己的劳动所得看了一场电影,三人还在祠堂"哼哼哈哈"练了几天少林拳。

3.卖蔗记

二牛的鬼点子就是多。这次,他又提议寒假去卖甘蔗。

二牛说,我留意好久了,那几家卖甘蔗的生意很好,一天能赚好几块钱呢。大牛不信,说,尽瞎吹,那么好赚,大家还不去干?我也说,没那么好赚的。二牛又说,我表哥以前就是卖甘蔗的,我怎么会不清楚,每天赚一块钱也不错。我和大牛合计一下,反正假期没事干,只要不亏就行。

我们三人分别说服各自家长,每人各自向大人借了五块钱。

用十五块钱开始了我们的卖甘蔗生意。我们打听到直接去蔗场买甘蔗很便宜。我们三人走了十几里路，终于到了蔗场，只见一片甘蔗长得正旺，叶子绿油油的。我们看不到有人在卖甘蔗，只看到附近有一个棚寮，里面有一个老伯正在喝酒。我们问，老伯，你的甘蔗卖吗？他笑笑说，你们要吃自己折去，不要钱。我们说，是要买一些回去卖的。老伯看看我们，笑着说，我都是一车车卖给人家的，不散卖。我们求情说，你就卖点给我们吧。老伯经不住我们的纠缠说，好吧，你们放下钱，自己折去，说完又喝起酒来。

我们异常兴奋，折了甘蔗，每人拉着一大把往回走。甘蔗买回来了，二牛找出一把生锈的削蔗刀，说，这是我表哥以前用过的。我们将刀子磨锋利，找了一张破台子，就在祠堂门口摆台卖甘蔗。

祠堂附近人不多，一个上午才几个人过来光顾，还是熟人。一天下来，收入才几毛钱。我们三人没心情吃甘蔗，剩下削了皮的甘蔗，全部给我们的弟妹们吃了。晚上，我们商量着，祠堂这边人太少了，得换个人多的地方。

第二天，我们将台子搬到菜市场附近的路口。那里来来往往的人流很多，有几个过来光顾，但经常有板车经过，我们要收拾东西避开车，有人过来看到车来了没地方站，也会走开。生意比祠堂那边好一些，但还剩下好多甘蔗。我们一回家，弟弟妹妹早早在家门口等着，眼睛直瞪着甘蔗。

二牛说，今晚我们出去走走，看看哪里人多，有地方摆摊的。我们逛了一遍，发现只有一个地方人最多、最适合，但我们不能去，就是文化公园门口。那里就是我们上次捡柑皮打架的地方，去那卖蔗简直是自找苦吃。

我们只能再回菜市场附近找地方。菜市场附近本来就有几家卖蔗的，我们为了吸引顾客，有意给多点甘蔗。有人还怀疑，给这么多，是不是不甜啊？我们还得先切一节给他试试，有些人试完还不买，说不够甜。大牛好几次想打他们，都被我们劝着了。

每天的收入都是几毛钱。最开心的是弟弟妹妹们，那个假期吃够了甘蔗。

二十多天假期很快就过去了。我们一核算，刚好保本，终于松一口气，每人将五块钱还给大人。我们白白忙活了一个假期，轰轰烈烈的卖蔗生意以失败告终。

我每次和大牛、二牛说起这事，他们都会开心笑，说如果没有当年失败的小生意，哪有今天成功的大生意呢。

迟 到

每天八点，我都会在地铁出口遇到她，一个充满青春活力的女孩。

每次，她都会对我微微一笑，然后匆匆走出地铁。我也会礼貌地报以一笑，然后匆匆走进地铁。

每次遇到她，我上班就不会迟到。她几乎成了我上班的时钟。

一天，我遇到她，我还没来得及报以微笑，她已经匆匆跑出地铁。我下意识地看看手表，八点十分了，于是赶紧跑进地铁。

那天，我没有迟到。

以后，每次遇到她，她的微笑、神态都成了我衡量时间的标准。

有一次，我在地铁出口没遇到她，放慢脚步，也不见她的身影，进地铁前回眸一望，还是不见她的踪影。

那天，我迟到了五分钟。

又一次，我遇到她，一个男孩牵着她的手，她还是对我微微一笑。我的心猛地像被针刺了一下，可还是习惯性地报以一笑，迷迷糊糊地走进地铁。

那天，我迟到了三十分钟。

我搭错方向了。

错　过

扬是我大学时隔壁班的团支书，我是系团委的组织委员，平时接触的机会比较多。

扬是我们的系花，一米六五的高挑身材，瓜子脸蛋，歌又唱得好，追她的人犹如学生饭堂的长龙。系里不时会传来，某某宿舍的男生又追"扬书记"失败了。

"扬书记"的花名是我起的，大一时一次团干出外活动，我点名时想不起她的姓，感觉叫"扬"又太肉麻，就叫了"扬书记"了，之后竟被广为流传。为此事，扬书记还几个星期不理我，我多次在她面前说明，当时纯属无意，她还是不能原谅，直到毕业她还对这事念念不忘。

我知道，她在背后偷偷叫我"朱委员"。大丈夫男子汉大度一点，不要和小女子一般见识，这是同宿舍的小黑告知我她叫我"朱委员"的时候，我给他的回答。其实我心里在暗暗地骂她，小女人真是斤斤计较。

扬的家境较好，听说她爸是当局长的，周末她爸经常开小车过来接她回家。一次周末，我俩在系团委筹划新生迎接晚会到七点多，饭堂已经关门，我们到大排档吃饺子。吃完饺子我送她回去宿舍，她老爸的车已在门口停着。她老爸说已经等了三个小时，我说，真是不好意思，让伯父久等。她说，没什么，工作为主，还向她爸介绍了我。她老爸伸出手和我握手，我不习惯地伸出手。这时，我忽然发现车里有一双毒毒的眼睛瞪着我，我隐隐看到是一个男的。

第二天，宿舍门卫叫我听电话，一个男的在电话里说，她是扬的男朋友，叫我以后不要和扬接触，不然要我好看。我本想和他解释一下的，但是对方挂了电话。回到宿舍，小黑告诉我，有人传我在追扬书记，是不是真的？神经病，我才不会追她呢，人家是什么身份啊，局长千金啊，而且她已经有男朋友了，我愤愤地说。

为免得闲言闲语，我有意避开扬，工作上的事也是打她宿舍电话说说。扬是我的入党培养对象，每月要定期思想汇报。一次思想汇报后，扬忽然对我说，不好意思啊，我男朋友打电话恐吓你。没什么啊，我是从小吓大的，不过我是吓别人而已，我笑笑说。我们还是朋友吗，扬问我。我说，一直是朋友啊，你有不开心的事尽管和我说就是了，我还是个好听众呢。

之后，我们恢复了以往的工作关系，有时也会在一起聊天，我一直当她是小妹妹。一天，系书记找我，问我是不是和扬在谈恋爱？我说，不是，我们只是工作关系。我表情很肯定，但是内心有一点点发虚，因为我也不能肯定我们之间算不算恋爱。系书记要我们带好头，不要给其他同学坏的影响，我说，我会的。因为我是党员，扬是预备党员。

我想，系书记可能也找了扬谈话，因为她也在有意无意地避开我。本来我们约好在同一间教室晚自修的，我发现扬不去那间了；平时打饭的时候，我会帮她打饭，她会帮我打菜的，但现在她去另一间饭堂吃饭了。

一次，晚自修后扬打电话给我，说是有点事想和我说说，约我在老地方等。我放下电话匆匆跑过去，她已经在那里等了。她说，她已经和男朋友分手了，她不喜欢什么事家里都安排好。我说，自己的幸福是要靠自己争取的。她忍不住哭了起来，说如果不听家里的话，老爸会断她的经济来源。我笑笑说，不要傻了，那个父母不爱自己的儿女。我忽然又想到她是局长千金，我只是一个农民的儿子，家里还有几个弟妹。

临近毕业时，我为了方便联系，下重本买了一个CALL机。那时扬已经买了手机，她经常会在CALL机上给我留言，鼓励我不要灰心。经过重重面试，我选择了广州一家公司。扬的父母为她在老家找了一个好单位。

毕业八年后，我和扬一直没有联系。一天，同学小黑打电话给我，说扬来了广州，还给我她的电话号码。我约了扬在咖啡厅见面，她依然很漂亮，说话更风趣，她说已经有一个五岁的小孩了，现在过得很开心。

最后，扬问了我一个问题，毕业前她有一次给我留言要求复机，问我为什么不复？我惊讶地说，我没有收到啊！

难道真是天意弄人？扬说，那天广州有一家单位要她去签约，她留言给我，想和我商量，后来我没复机，就签了老家的单位。

我不禁感叹，人生中冥冥注定，你错过了这个，就会遇到另一个！

当晚，小黑打电话给我，问我见到扬没有。我说，见到了，她已经离开广州了。小黑问我，知不知道扬这次是专门过来找你的，她现在还单身呢。

画　谜

　　凌晨两点，暴雨，老徐忽然打电话给我，他气喘吁吁地说，出事了，赶快过来刘教授家！

　　我马上出门，一路上心里七上八下，是不是刘教授出事了？还是师母旧病复发？我匆匆赶到刘教授家，里面有几个警察，老徐刚好今晚值班，接到消息后他第一时间赶到现场。师母坐在客厅的沙发上，嘴里喃喃自语，老刘去哪了，怎么还不回来？我走进书房，刘教授已经死了，他坐在书桌旁，双眼流露出惊讶的表情，仿佛遇害前见到很恐怖的东西。

　　老徐小声地说，法医说刘教授已遇害一个钟头了。师母的旧病又复发，不清楚发生了什么事。保姆因为母亲病危昨晚回家了，刚刚和她联系了，明天她才能回来。看着刘教授惊讶的表情，我很难受，强忍着眼泪，问老徐，有什么线索吗？

　　老徐拿起桌面一本旧书《书画鉴定》，中间 110 一页不见了。老徐说，如果能找到这一页的内容，或许对我们破案有很大帮助。还不见了一幅画，老徐顿了顿口气说。哪幅？我焦急地问。就是刘教授那幅宝贝，老徐叹了口气说。春耕图？我不禁叫了出来。

　　我从刘教授家里出来，雨已经停了，天空微微泛白，已经早上五点多了。我心里有一个阴影挥不去。春耕图！我不敢告诉老徐，其实真正的春耕图在我家的保险柜里。

　　刘教授是我的导师，他平时视我如子，因为有共同书画的爱好，对我更加宠爱。一个月前，刘教授从老家回来后，忽然打电话给我，叫我立即到他家。那天，他严肃地对我说，这幅画你帮我保管，不要告诉任何人，如我有不测，你也要保管好它。他没有告诉我原因。被盗的那幅画是刘教授的复制品，盗走画那人有什么目的？刘教授好像早就预料到一样。那本书我怎么以前没见过？

几年前，我曾问刘教授，怎么得到那幅画的？他含含糊糊地说，是一故人相赠。我当时只想到，宝剑赠英雄，没再过问。刘教授还说，这幅画系宋代画家所画，乃人间极品。刘教授一人独处时，会摆上两个酒杯，边喝茅台，边赏画，仿佛和故人交流。有一次，我还听到刘教授喝醉酒了对画说，宋兄，你现在可好？

回到家，我立即上网查询那本《书画鉴定》。网上搜索到那书是 1919 年香港出版的，内容介绍是一些多年前失踪的书画珍品。在一论坛还搜索到，一网友说几年前在中山图书馆无意看到过它。我翻开这本书，书的内页有一个中山图书馆印章，它就是图书馆的那本？我马上打电话告诉老徐这个发现，老徐兴奋地说，我马上到图书馆查查。

中午，老徐来电话说，那本书是被盗的，图书管理员说，这本书放在旧书堆里，很少有人会留意它，不过前几天有个长头发的男人，经常在那转来转去的。

一夜没睡好，我坐在电脑前迷迷糊糊睡着了。半梦半醒中，我梦见刘教授满脸鲜血，他表情惊讶地说，那画不是我偷的，我死得好惨啊！我猛地醒来，满头大汗，心跳得很厉害。这时，老徐打来电话，说，找到那长发男人了，他是美院的老师，前几天经常到图书馆找资料，不过两天前已经到北京开研讨会去了，现在还没回来，根据刘教授遇害的时间，凶手应该不是他。老徐叫我放心，警方会找到凶手的。

　　我忍不住打开保险柜，慢慢地打开那幅画。这幅画我已经看过无数次，除了画工精辟，没有什么特别的地方。会不会画中藏着什么秘密呢？我忽然产生了一个怪念头。刘教授是不是为了秘密被害的，我极力控制自己不要胡思乱想。

　　忽然，我发现画里的那座山很熟悉，脑海中扫描一下我所游览过名山。啊！这座山不就是刘教授家乡的那座白龙山么？当年，我还和刘教授在那山前合影呢，我的心跳开始加速。我立即找出当年的合影，画里的那座山和白龙山简直一模一样，不会是巧合吧？刘老师是不是也发现了这个秘密？这幅画到底藏着什么秘密？我的头在不断地发胀。

　　我感觉太累了，躺在床上不知不觉睡着了。我醒来时，已经深夜十一点，我发了很多噩梦，梦见自己被蒙面人追杀，我抱着那画，怎么也走不动。

　　忽然，家里的电话响了，这么晚还有谁打电话来？我拿起电话，喂喂几声，没人答话。我懒懒地躺在沙发，电话又响了，我接起对方还是不说话。

　　这时，门铃响了。我打开门一看，是老徐！这么晚还过来，我心里嘀咕着。老徐进来，后面还跟着两个警察。我笑着说，这么晚还带两个兄弟在外面搏杀啊！

　　老徐很严肃地说，不好意思，请你打开保险柜，我们怀疑是你偷了刘教授的画。

新官上任

老徐当公司材料部经理已经三年了，当年总经理的谆谆教诲还在回响，材料采购是公司的重要关卡，一定要把好这一关啊！

老徐三年来兢兢业业、小心谨慎地把关好每一次材料采购，为此得罪了不少供货商。几个副总经理都视老徐为眼中钉，想除掉他已经很久，无奈老徐是老总的红人。

上个月新任总经理正式走马上任，各个部门人心惶惶，个个都知道"新官上任三把火"，不知道哪一天会烧到自己头上。

昨天财务部经理已经换了人，下一个目标会是谁呢，老徐还在想着昨天总经理宣布人事任免时的表情。老徐在公司门口碰到办公室李主任，李主任也曾是原来老总的亲信，和老徐两人合称总经理的左右手。老徐试探地问，老李啊，你看下个部门会是谁啊？李主任小声地说，这个时候谁也说不准啊，没准明天就把我给撤了。老徐不安地说，也不知道老总是什么态度啊？自保吧，李主任临走的时候说了句。

上午，新任总经理要老徐准备三年来材料账给他，看完也没什么表态，只是说继续努力！老徐心里有点发虚，离开老总办公室的时候，看到刘副总经理正朝他阴阴地笑。去年刘副总经理曾介绍一家大型设备供货商，因为价格问题，几千万的生意没谈成。这件事他一直耿耿于怀，这次还不对老徐落井下石？他的秘书小王对我这个位置虎视眈眈已经很久了。

老徐开始后悔当初没给自己留一条后路。刚刚碰到总经理陈秘书也不和我打招呼，要是以前的话远远地就喊徐经理了，干好自己的本职工作吧，不要理那么多了，是祸躲不过，老徐心里狠狠劲。

下班时，刘副总经理给老徐打电话，说是明天那家材料供货商多多关照一下。老徐应付地说，尽量尽量。

回家路上，老徐一直想着今天刘副总经理的阴笑究竟是什么意思。老徐为人正直是全公司出名的，三年来为了公司的利益，私底下很多人都叫他徐傻，说他为公司省了那么多钱，公司也没多给他一点奖励。老徐总是笑笑说，做事要对得起天地良心啊！

老徐正想得出神，旁边有人猛拉了他一把，好险啊，差点被大卡车撞到，吓得出了一身冷汗。怎么办，明天帮不帮刘副总经理，老徐拿不定主意。

晚上，老徐做了一个梦，梦见自己掉进一个很黑很深的洞里，自己越挣扎陷得越深，猛地醒来满头大汗，看到老婆正呼呼大睡。明天采购谈判会上帮不帮刘总，老徐还在想，帮帮他吧，说不定他在总经理面前美言几句，我还能保得住这个经理呢。

第二天老徐早早起床，每次去采购谈判他都会保持良好的形象和精神，这一次也不例外，只是在最后谈价钱的时候想到了刘副总经理。

下午老徐向总经理汇报采购谈判的时候，刘副总经理也在场，还眯眯地笑。汇报出来回到办公室后，老徐还特地给刘副总经理打了个电话，说已经按你的意思办理了，以后请多关照。刘副总经理在电话里说，尽量尽量。

下班时，老徐有意经过总经理办公室，听到老总和刘副总的谈话，老徐这人三年来一直干得不错的，没想到这次谈判试了他一下就露馅了，看来副总经理的位置要另外物色人选了。

杞人忧天之出行篇

老徐害怕坐飞机缘于十岁那年的一次放风筝。当时还只能称作小小徐的老徐糊了一只纸鸟，费了九牛二虎之力把它放上天，没想到才一会儿就掉了下来，摔到地下骨架全散了。往后的日子，他经常想，如果当时风筝上有个人会怎样？

老徐每次看到飞机，脑海都会闪过飞机失事掉下来的场面。这个阴影笼罩了他三十多年。每次出差，同事坐飞机，他就坐火车，还得多请一天假。前年，单位有个出国深造的机会，论资排辈也该轮到老徐，领导却安排了其他人。老徐很不忿，找领导理论。领导说，你从不坐飞机是人人皆知的，难道要安排你坐火车轮船去？老徐无话可说，认命了。那同事深造回来后，平步青云，现在已是单位的二把手了。老徐不服气，但静心细细思量，这几年出外好机会没他的份，与他不坐飞机不无关系。

老徐痛定思痛，决定走出阴影。就在老徐克服心理障碍的第二天，本市发生了一起特大空难，两百多人无一幸免。老徐被吓得一身冷汗，预感终于应验了！前几天的豪情万丈全消失了，他急忙取消预定好的飞机票，宁可自己承担退票费用，重买火车票。那几天，老徐逢人就说，我说的没错吧，坐飞机就是危险嘛。

让老徐最痛苦的事终于来临了。那天，老徐定好火车票去另一个城市开会，临出门前老婆忽然胃大出血要住院，他只能临时取消行程。当晚新闻报道，老徐本来要坐的那趟火车出轨了，一千多人受伤,死亡人数不详。老徐一下子吓呆了,喃喃自语,要不是老婆住院,现在人还不知道在哪呢?坐不坐火车,老徐思想斗争了一晚,最后决定向领导请假,改派其他人去。

火车也靠不住了,怎么办?老徐只能打报告给领导,说身体原因不宜外出,只在本市活动。公交车是最保险的,老徐一直这么认为,他每天都是坐公交车上下班的。但最近发生的几件事,让他彻底改变了这一看法。

上个月,有一个城市的一部公交车半路自燃了,死亡二十多人,烧伤的场景惨不忍睹。老徐看了网络图片,忍不住掉泪,太惨了!他想起平时坐公交车时挤满乘客的情景,心里有些发冷。老徐越想越后怕,怎么没人事先想好预案,如果车子真出事,满满一车人怎么逃啊?

倒霉的事还真让老徐遇上了。那天,老徐坐公交车上班,半路,听到对面有人冲他喊,起火啦,起火啦……老徐下意识望望后面,车尾冒着浓烟。车子着火啦!老徐冲着司机大喊。一时车上乱成一团,有的从车窗往下跳,有的从车门往外跳,有的在原位痛哭。老徐也跟着跳窗,他一只脚着地,蹭的一下脚扭了,赶紧一拐一拐逃离车子。其他乘客也作鸟散状,有几个老人太紧张,晕倒在车门口。司机立即下车检查车尾,说是天气太热电线烧焦了,没什么大碍。

救护车来了,医务人员抬走了几个晕倒的老人,老徐也跟着去了医院。老徐跳窗时,没有挑好落点,左脚严重扭伤,需要住院观察。三天后,老徐拄着拐杖出院了,他想最近太邪了,不如请假休养一阵子。

养病期间,老徐想了好多出行方案。公交车再也不敢坐了。买小轿车,以他的经济实力还支付不起。买摩托车,听说是"人包铁",更危险。坐出租车,每月车费要占一半工资。走路上班,单位离家又太远,要一个半小时路程呢。

老徐找出那部十多年没用的"二八杠"自行车,每天踩单车上下班。他慢慢发现,周围踩单车的人好像越来越多了。

光　影

眼前是一片荒凉,树木枯萎,废水流淌,沙尘滚滚。他站在高冈上,喃喃自语,才几年,咋变成这样了?

五年前,他作为一个摄影师,四处寻找拍摄题材,无意中来到了富山。富山远离闹市,是一个未经开发的处女峰,山脚有一个村庄,叫富村。富山风景迷人,绿树成荫,一下子就吸引了他。特别是富村的民风朴实,待人热情。在那,他拍摄了大量的"原生态系列"照片。那年,因为这些系列照片,他在摄影界出了名,大红大紫,三年后,还当上了摄影杂志社的副社长。

富村有一间便民旅店,专门招待路过的游客,住宿费由游客随意给。在那儿,他认识了她。那夜,暴雨,她淋湿出现在旅店门口,他作为常客招呼了她,但旅店只有一间房。那晚,他们同房过了一晚。他清楚地记得,那天是 8 月 18 日。因为他们约好三年后的那天故地重游。

三年后,8 月 18 日,他儿子出世,无法赴约。他记得她叫小莉,或者晓丽。那晚,她看了他拍的照片,赞他有灵气,帮他挑了几张,还鼓励他投稿给摄影方面的权威杂志《光影》。她对摄影的体会很独到,指出他对光影理解的不足。后来,他一直认为她应该是一名专业人士,但是这么多年来,一直没有她的消息。

当上副社长后, 他外出摄影时间也少了, 两年没有来富山了。那天,他重温自己原生态系列照片又想起了富山,想起了她。

这么多年来，他内心深处一直记着小莉这个名字。他有时还后悔，当晚为什么没留下她的详细通讯地址，或者留下她一起在富村生活。当然，这一切想法都已成为过去，因为当年他已经订婚，下个月就要结婚了。

富山的变化，实在出乎他意料之外。便民旅店已不复存在，富村村民满嘴粗口，塑料袋满街。他真的不敢相信，这就是他心目中的世外桃源，他日夜想着归隐的地方。

茶馆的老板告诉他，两年前来了几个办工厂的，在富山那边开山建厂，开发大山里的木材，慢慢地富村就成了这样。他不解地问，村里不理这事吗？老板笑笑说，怎么不理，村主任都是合伙人，每户都有人进厂，谁还会多事。他喝着茶水，以前山泉水的甘甜已经没有了。老板说，这水还是到隔壁村打的。

富山的一切对他冲击太大了。他觉得自己应该做点什么，来回报曾经让他着迷的富山。他还记得，那晚她说过，一个摄影师应该有社会责任感。他重新扛起了相机，那几天拍了好多照片，每拍一张，对他内心都是一次刺痛。

他又开始在摄影杂志发表照片，"死亡系列"照片给他带来了更大的光环，但是他觉得这才刚刚开始。一天，他收到一封信，里面什么都没有。他把这事告诉老婆，他老婆说，你还是小心点，是不是有人要告诉你什么。他笑笑说，没什么，有人整蛊。但他心里却想着，会不会是她呢？

他又一次来到富山。这次，他一爬上富山，就感觉有人跟着他。他回头看看，有几个高大威猛的小伙跟在后面。当他对着那些工厂拍摄时，那几个人跑过来围着他，还警告他，不要乱拍，否则要他好看。他心里想着，这么嚣张，还威胁我，还有王法吗？他继续拍着，还经常在摄影杂志发表。

有一天,他收到一封信,信里说,叫他不要去拍了。他更加坚定,这封信是她写的,是她一直在关心他。他叹了口气说,我还是做回一个摄影师吧。

这一次,他请长假去了富山。但,从那以后,再也没有人见到他了。摄影社曾派了好多人去搜索,都没结果。

奇怪的是,每月摄影杂志社都会收到署名阿利寄来的照片,编辑们经常感叹,这个摄影水平恐怕只有老社长才有。

木棉花下

春天来了，木棉花开，人们叫它英雄花，一朵朵很娇艳，红得像沸腾的热血。

天灰蒙蒙的，徐三像往常一样，一大早就出门。他是一名环卫工人，负责这条街的卫生。这几天，大街两旁的木棉花落满地，他不敢偷懒，早早就出来清扫。

路上的行人很少，徐三在木棉树下，低着头扫落花。突然树上掉下一朵花，徐三望着木棉树，笑笑说，你不是故意在整蛊我吧？刚说完，树上又掉下来一朵。

"咻"的一声，一部轿车从徐三身边飞奔而过，吓得他一身冷汗。他喃喃自语，现在的人开车真是疯狂，我要小心点才好，家里还有老小呢。路上的行人越来越多了，徐三走上人行道，清扫落花。

忽然，"砰"的一声巨响，徐三还没有反应过来，一部大货车迎面撞开"宝马"轿车，继续向他冲了过来。车速太快，徐三来不及躲避，整个人被撞飞到木棉树下。"宝马"车车头深深地凹陷进去，车里的人满脸是血，失去知觉了。徐三倒在树下，口里不停地流血，感觉呼吸越来越困难。

货车司机从车上跳下来，惊慌地看看"宝马"车和徐三，犹豫了一下跑掉了。一路人说，真是缺德啊，撞了人还跑掉！徐三用尽力气，用微弱的声音哀求路人，我快不行了，请帮帮忙报警吧。这时，路人才想起报警，其中一个拨通了电话。

警察还没来，行人越来越多，他们围着"宝马"车，车上一男一女，男的趴着方向盘晕了过去，女的靠着座椅也晕了。徐三躺在树下，隐隐约约听到路人的议论。多可惜啊，就这样被撞坏了。看样子是新车吧。至少值七八十万吧。不知道这种车型的性能怎样？

救护人员还没来，徐三已经有点撑不住了，口里还不停地流血，他不停地喊，救命啊。路人围着"宝马"车，似乎没人听到他的喊声。一朵落花重重地打在他的头上，他感觉很痛很痛。

这时，"宝马"车里女的醒过来了，她打开车窗，小声地对路人说，救救我们吧，我一定会酬谢你们的。路人争先恐后地围着车，有人扶着女的出来，有人设法打开车门救出男的，有人跑到马路上拦出租车，有人拿出纸笔记下女的手机号码。

徐三还在喊着，救命啊，但车那边救人的吵闹声远远地掩盖了他那虚弱的呼叫。徐三远远看着路人扶那对男女上出租车，几个路人另坐出租车跟着去医院，还有几个远远跟着车跑，那女的对着车外喊，不用跟着来，我会联系你们的。

这时，有一个路人经过，看到徐三躺着地上，大叫起来，快点过来，这里还有一个人啊！有几个人稀稀拉拉过来，看着身穿环卫衣服的徐三，议论着说，还是等警察来吧。徐三用尽最后力气微弱地喊，救救我吧，我会感谢你们的！路人围着他，没人出声。有人边接电话边走开，有人跑去看看救护人员来了没有，有人看看手表，说我快迟到了，匆匆走开……

又一朵木棉花落下，重重地打在徐三的心口上，他已经感觉不到疼痛，蒙眬中只看到花和血一样的鲜红。

当晚新闻报道，今早发生一起交通事故，肇事司机逃跑了，路人见义勇为送车祸受害者到医院，有两人经抢救已脱险，有一人错过了抢救时机，不治身亡。

新闻镜头拍摄到了路边的那棵木棉树，还有满地红得像血的英雄花。

橘子丰收

星期六上午,母亲告诉我,舅舅刚刚打电话来说,今天上午要过来。

舅舅家住在农村,出来的交通不方便,到县城要两三小时,舅舅一年难得出来一次。母亲笑笑地说,听说今年农村的橘子丰收,估计你舅舅是来报喜的。

我打开报纸,今天头条新闻也登了,今年农村农作物丰收,农民收入可达上万元。看来舅舅的苦日子挨到头了,六十多岁的老人了,也该过过好日子了啊,我不禁感叹。

舅舅一辈子在农村务农,到现在还是住破房子,吃粗饭。去年,他们村干部到外地取经,回来以后决定集体改种经济农作物,舅舅一家也集资种了几亩地的橘子,还向我借了一千多块钱。今年气候适宜,农作物长得特好,估计今年有好收成,上次舅舅在电话里满怀喜悦地说。看来舅舅的心愿要实现了,我交待母亲中午多买点菜回来,要和舅舅好好喝几杯庆祝一下。

母亲买了菜,忙活了两三个小时,一桌香喷喷的菜准备好了,十二点多了,还不见舅舅到来。不会是迷路吧,平时这个时候早到了,母亲不安地说。或许路上塞车,附近在修路,车子不好走呢,我安慰母亲说。

要不打个电话过去舅舅家问问,我提议说。母亲打了电话到舅舅家,舅母说舅舅早上八点多就出来了, 还挑了一担橘子出来。这么大老远，舅舅还挑一担橘子出来啊，我笑笑说，现在外面橘子一斤才卖一块多啊。自己种的果实才甜呢，母亲为舅舅辩理，虽然她也知道我担心舅舅的身体。

桌上的菜有点凉了，我的肚子也开始咕咕叫了，我看看表，已经一点了。母亲在阳台四周张望，还是不见舅舅踪影。我随手拿起报纸翻翻，头条醒目的新闻又一次刺激我喜悦的心情。

叮咚，叮咚，门铃响了，舅舅站在门口，满头大汗，气喘吁吁。母亲立即叫舅舅放下橘子，进去洗脸。我把那担橘子挪了进来，感觉很沉，真不相信舅舅年纪这么大还能挑得上来的。

舅舅洗完脸出来，还没缓过去气，边喝水边说，今年橘子丰收……

舅舅话还没说完，我抢过来说，舅舅啊，丰收也不用挑一担过来啊，还爬六楼这么辛苦啊！

舅舅愣了一下，才缓过神，叹了口气说，唉！你们不知道啊，我是挑出来卖的啊！

不是有人上门收购的吗？我惊讶地问。

舅舅无奈地说，今年村里有几个"恶霸"看到橘子丰收，便联合起来收购，我们开始也想上门收购很好啊，一打听才知道一斤才一两毛，还派了一帮打手守在村口，不准其他人的车进来收购，很多人没办法只能卖给他们。

我听完气得跳了起来，这还有王法啊，村干部不管这事啊？

舅舅摇摇头说，村干部也是和他们同流合污的啊，我今天偷偷地挑一担出来，说是送给亲戚的才给放行啊！

简直不像话，我更火了，舅舅，明天我和你回去你们乡政府告他们，还怕制不住他们啊！

没用的啊，舅舅又叹了口气，前几天有几家到乡政府去告他们,第二天就被打得半死啊。

这时,午间新闻播起"今年农村橘子丰收,农民收入过万"的消息。有个农民高兴地接收电视采访说,今年橘子丰收,我卖了一万多块钱啊!

我看到了舅舅脸上那无奈、痛苦的表情。

下一站天后

大牛第一次进城。若不是因为二牛的一句话,他可能一辈子都不会进城。

二牛带儿子进城读大学,回来后在村里到处吹嘘城里的新鲜事,比如城里的高楼望不到顶,公交车一块钱可以坐一两小时。最后,他还说在天后广场见到大牛的女儿。大牛听了乐滋滋的,听说天后广场是省城最漂亮的地方,女儿在那上班可是林家的荣耀啊。

二牛还在大牛耳边悄悄说了一句什么。大牛听完马上暴跳如雷,怎么可能,你这小子要是乱说,我打爆你的头,说着握起拳头。二牛一脸严肃说,我发誓,如有半句假话,天打雷劈!

大牛见二牛发毒誓,知道事情的严重性,心里忽然没底了。大牛一夜没睡,第二天就决定进城,找女儿问个究竟。

大牛有个坏习惯就是坐车爱打瞌睡。他按二牛的指引,上了公交车。他怕自己坐过站,就对旁边乘客说,麻烦到了天后站叫我一声。那人"嗯"应了一声。车子一晃一晃的,他还是睡着了,醒来发现已到了终点站。他喃喃自语说,城里人怎么这样,俺睡着了也不叫一声。

他只能再坐车回去。这次,他站着,担心屁股一着凳子会睡着。他怕自己耳朵不好使,很专注听广播,当听到广播说下一站天后站时,他慢慢移到车后门,一听到天后站到了,他就跳下去,

感叹一声，女儿啊，这回还不找到你。

他极力向四处张望，想找到二牛绘声绘色形容的圆球雕塑。但四周都是菜地，只有几个行人，怎么也不像繁华的市中心。二牛，你这小子，是不是耍我？他在路边找个路人问，这里是天后吗？那人摇摇头说，这里是郊区，离天后还好远呢。

怎么回事？明明听到广播说天后站到了，大牛很纳闷。只能再等公交车，上去问问司机。终于来了一部车。大牛上车就问，司机同志，我刚刚听到广播说到了天后才下车的，怎么会搞错？司机看了他一眼说，你是外地来的吧，刚听我同事说，他的车广播坏了，可能搞错了。这是怎么回事，城里的广播都会骗人，大牛不解。请你到天后叫我一声，大牛对司机说。好的，司机答。

车上刚好有个座位，大牛站了半天有点累了，就坐下了，没想到眼睛不争气，眼皮慢慢耷拉下来。直到听见有人大声喊，终点站到了，他才猛地醒来，第一反应是，坏了，又过站。他下车时问司机，司机同志怎么你不喊我啊？司机没好声气地说，我喊了几遍，你都不醒，全车人还能等你啊！

大牛没办法，只能再坐车，希望这次能在天后下车。

大牛终于到了天后，也见到二牛说的雕塑。那雕塑还真大，几个人都抱不过来。但女儿在哪？大牛开始迷糊了，没有女儿电话，也没有她的地址。以前每次都是女儿打电话回去的，向女儿要电话，她总说接电话不方便，有事会打电话。

大牛在天后广场晃悠了几天，没看到女儿的影子，心里开始怀疑二牛的话。女儿才初中毕业，怎么可能在这么高级的地方上班呢？既然来了，不能白花车费，再找找吧。大牛白天坐在天后广场的台阶上，望着来来去去的人流，希望看到女儿的身影。晚上累了就到天桥下睡，饿了就买两个馒头吃。他出来时带了几十块钱,前两天看到一个妇女带小孩没饭吃,给了她十块钱。

七天过去了,大牛身上的钱也花得差不多了。大牛开始发愁,该怎么办?当天晚上八点多,大牛又到广场,迷迷糊糊看到有几个女孩子从身边经过,仿佛看到一个熟悉的面孔。

南南,是南南!大牛冲过去,一把抓住那女孩,说,南南,可让爸找到你了。那女孩吓了一大跳。大牛看清楚了,那几个女孩个个穿低胸连衣裙,化很浓的妆,仔细看看手抓的女孩,感觉有些陌生,不由松了手。一个女孩骂起来,死乞丐,有病啊,乱认人!旁边有人说,这老头不知怎么回事,整天说女儿在这上班,已经等好多天了。被抓的女孩说,算了,可能认错人了。那几个女孩说笑着向一家歌厅走去了。

大牛呆呆站着,看看自己脏兮兮的衣服,还真像乞丐。他自言自语,南南,你在哪里?大牛一想起二牛的话就来气,咬咬牙说,我就是做乞丐也要把你找回去,林家没有在歌厅当小姐的。

此后,大牛每天都站在广场,他相信自己会找到女儿的。钱花光了,他就深夜去捡塑料瓶,白天晚上依然站在广场。晚上八九点,他有几次看到上次那女孩,远远在他面前经过。他不敢过去搭话,女儿不会穿那样的衣服,也不会去那地方上班。

一个月过去了。一天上午,大牛看到一个穿着格子衫的女孩远远走来。他的心开始沸腾起来,南南十八岁时,他曾买了一件格子衫给她作生日礼物。女孩走近了,大牛看着有些陌生,面孔有些像上次那女孩。

那女孩哭着叫,爸。大牛这才缓过神来,一把抱着她,鼻涕泪水全流出来,哭着说,南南,爸爸总算找到你了,咱们回家吧。

南南点点头说,爸,咱们回家吧,这里不适合咱们。

字房子

我们同住在一间大房子里，但从未见面。

我只知道，大房子里有一百多间小房间，住了一百多人，都是我们徐氏家族的人。我叫徐三，所以住在三号房。我的房子里应有尽有，所以我从不出门，包括吃喝拉撒。

我印象中，一出生就在这间房子生活，父母是什么样子，我没有印象。在我的模糊记忆中，只有一个老妇人瘦小的背影。我想尽一切办法在电脑上寻找父母的资料。因为书上记载，每个人类都有自己的父母。

我在电脑上偷偷问阿七，你知道你自己的父母是谁吗？

阿七惊讶问我，在我们这里，寻找自己的父母是违法的！

我仍不死心，那你知道吗？

我不知道，我年轻时也试过，但是毫无结果，因为电脑信息里没有一点资料。

我慢慢意识到，电脑资料是被人为处理过的，每个人不知道从哪里来，也不知道要到哪去，每天只有接受主机的信息，然后按信息工作。

我开始研究房子的结构。房子结构很奇特，没有大门，只有一个小窗口。我需要的东西，只要通过电脑发送信息，窗口就会送进来。我从不关心缺少什么。

我思索着，为什么今天我会如此热衷于这个问题。电脑主机发来第十八张电子生日贺卡。我今天十八周岁了。我查阅了书籍，书上记载十八岁应该是成人了。

我成人了。我也应该找自己的伴侣。我在电脑上发了一个信息，需要一个伴侣。主机回复，指令无效。我第一次遭到拒绝，内心有一种说不出的痛楚。并不是我的什么要求都能满足的。

我开始思考自己，开始研究自己的环境。我只知道这大房子里有一百多个人，除了一号、二号，其他人只在电脑里见过头像，真人都没有见过。为什么会这样？一号、二号房住的到底是谁？

我心里有一种渴望的感觉。我找遍字典、电脑，就是找不到一个字适合形容我现在的心情。我问阿七，你以前试过这种感觉吗？阿七说，年轻时也试过这种感觉，现在已经很难感受到了。阿七又说，我尽了最大的努力，才知道我们住的地方叫"字房子"，你千万不要说出去哦。

字房子！是不是每个房子都是一个字组成，或者，我们这里只是一个字。我更加迷惑。

但我不甘心，我很想找出心里的那种感觉。主机为什么不能给我提供一个伴侣？一号、二号到底住着谁？

我查阅了很多资料，包括禁书《基督山伯爵》中关于越狱的文字片段。我的内心越来越冲动，我悄悄告诉阿七，我不想再做机械的工作狂了，我要寻找自己的理想。阿七说，你要小心，千万不能让主机知道。

我查阅资料，学习了挖隧道的方法。我一小件一小件配件向主机索求开挖组成的工具。主机似乎没有察觉到我的动机。

经过一年多的筹备，我开始一点点、慢慢向一号、二号房间挖隧道。时间很漫长，但阻挡不了我内心的热情。我白天工作，晚上挖隧道。过程是痛苦的。一年后，终于快要挖通一号房间了。那一刻，我内心忍不住兴奋。里面住的是谁？他（她）会不会是我的父母？

挖通隧道的那一刻，我惊呆了。一号房间竟然空空如也，墙壁上写满一个字"爱"。我不解，一边继续挖通二号房间，一边思考"爱"的含义。

我终于挖通了二号房间。同样，二号房间也是空空如也。不同的是，墙面上写满了爱的词语，爱情、爱恋、父爱、母爱……

那一刻，我终于明白了。

我需要的就是这份感觉，爱！字房子也锁不住我对爱的追求！

与小说有关或无关的

一朋友得知我写小小说，主动请我喝茶，说是免费提供素材。

他说，最近认识了一个女强人，喝酒特厉害。他比画着，动作很夸张，满满一水杯，每人敬一杯。

我笑笑说，啤酒？

他摇摇头。

红酒？

52度的白酒，我们当时十几个男人，每人敬一杯。

高手，让她出来见识一下！

他摆摆手说，昨天见到她，她说，已彻底戒酒了。

我惊讶问，那么能喝的高手，能这么轻易戒掉？

他叹了口气说，她说没办法，作为公关部经理，哪能不喝酒，但酒一喝多，她就会控制不住自己，严重的时候会脱光衣服。

我奸奸笑，那你没一饱眼福？

他说，那晚我们十几个爷们都被灌倒了。她说，他男友已经离开她，所以才决定戒酒。

我说，她一戒酒，离被炒鱿鱼或许不远了。

谈话间，他接了一个电话，说，一会儿有个女孩来喝茶，你可以听听她的故事，免得我转述。

我皱皱眉说，谁？

他笑着说，昨晚唱歌认识的。

我问，当小姐的？

他说，也不算是，一会儿你就知道。

她来了，个子很高，估计有一米七，身材很瘦，很性感，很时髦，穿着红色的吊带裙。

我知道，故事就要开始了。

她说，我叫COCO，好久没在夜总会了，昨晚是大姐太忙，才叫我去帮忙招呼客人的。

我好奇问，你大姐也干这个？

他笑笑不语。

她说，大姐是我的老乡，就是那个公关部经理。我以前干了一年，把胃给喝大出血了，就回家养身体了。最近没事干，就过来这边玩玩，没想到昨晚认识了他。

她继续说，本想着回家找个男人嫁出去算了，但有时想想自己还年轻，还可以多玩几年。

我问，你没有男朋友？

她喝了口茶，说，刚刚和第四个男朋友吵架，就跑出来了，本来我们已经同居两年了，但他一点都不关心我，什么家务都让我做，回家也不和我聊天。

我疑惑问，你也会做家务？

她微微一笑，你就太小看我了，我炒菜很不错的，大姐每天的饭菜都是我做的。

我见她谈吐斯文，就问她，你读过书的吧？

她睁大眼睛看看我，说，我像没读过书的人吗？我是读卫校的，但是没有毕业，就是第一个男朋友把我拐跑的，害得我读不成书。

我感觉故事越来越精彩了。

她说，我读卫校时，经常出去跳舞比赛，有一次在飞机上见到第一个男朋友。他很帅，就是我梦中的那种男孩。当时我主动过去找他要电话。没想到后来他居然到学校找我，还带我出去到处玩，玩了一个多月。几个月后，我父母才知道我好久没去上学，强烈反对我们在一起。我和家里闹翻了，不去上学。那个男的却说，他原来是在国外读书的，这次是假期回来探亲的。

我狠狠地说，我最讨厌这种欺骗少女的色狼。

她却说，如果再来一次，我还是会选择跟他走。

我忍不住感叹，恋爱中的女人往往是盲目的。

她反驳说，男人还不是一样。我没去上学后，就到家乡的商场卖男装，我的第二、三个男朋友，就发疯一样追求我，每天给我送花，开车来接我，请我去高档酒楼吃饭。我觉得他们太庸俗，所以和他们没多久就分开了。第四个男朋友，还是不错的，我们都见过双方父母，他每天就知道赚钱，也不和我沟通，也不会关心我，我每天很无聊，只能打打麻将，他从来也不过问我的生活情况。

他终于出声了，既然第四个男朋友对你那么好，你还要和他分手？

她摇摇头说，我就是要气气他，开始他妈妈还打电话给我，劝我不要离开他，但他就是不打电话给我，我一生气就把手机号码换了，跑来这里了，才会认识你们。

他劝她说，你还是回家找你男朋友吧，那种场合不适合你的。

她很倔，说，他不打电话给我，我就不回去，我还没玩够呢。

我笑笑说，你换了号码，怎么找你啊？

她说，他如果要找我，一定能找到。

她接了一个电话，说，我要走了，大姐找我一起去买衣服。她临走前对他说，你千万不要和大姐说你单独约我出来，大姐会吃醋的。

她走后，我问他，你相信她说的话吗？

他说，一半一半吧。

我说，这个倒适合写成小小说。

他说，拿了稿费请我喝茶吧，我再介绍另一个给你认识。

飞刀山庄

一

庄主是当今武林一个传奇。

他十八岁出道，从未遇敌手。捍卫百年山庄，需要的不仅仅是武功。庄主的武德名誉武林。近五十年来，飞刀山庄更显辉煌。

有人说，庄主是一个神。人是有七情六欲的，从没人见过庄主的笑容。他脸上永远都是一个表情。

但我说，庄主也是一个血肉之躯。少爷第一次学会叫爹的那一刹，庄主笑得很灿烂，笑容一逝而过。在少爷心目中，父亲是一个威严的人。

庄主六十岁大寿就封刀了。

每天来山庄挑战的人依然不断。但飞刀山庄还屹立不倒，这不能不说是个奇迹。

二

山庄有今天的成就，离不开夫人的精心打理。山庄上下对夫人很敬畏。

据说，夫人当年是江湖第一美女。她和庄主的那段姻缘至今还在流传。当年庄主挑战高手时，无意中伤了夫人的父亲。夫人为了报仇接近庄主。庄主宅心仁厚、义薄云天，感动了夫人。几经波折，两人喜结良缘。

夫人生了一女孩后，未再生育。为了山庄后继有人，夫人成全庄主和丫鬟小桃。小桃为庄主生了少爷。

少爷自幼由夫人教养。大家都小心翼翼替夫人保守这个秘密。

三

少爷十八岁了。

飞刀山庄的少爷竟然不会武功。

十八年前，神医对庄主说，少爷天生体弱，不宜习武。庄主苦闷三天三夜，难道飞刀绝技就此失传？

少爷自幼聪慧过人，过目不忘。六岁后跟神医习医，十五岁已尽得神医精髓。神医惊叹，后生可畏。

江湖上人称少爷"赛神医"。少爷心地善良，来求医者必应。偶有十恶不赦者前来求医，少爷也医。人人气愤问，为何要医恶人？少爷笑道，医者父母心。

恶人医好后十天，会被一个蒙面人杀死。无人知道蒙面人的身份。庄主派人查明此事，也没结果。蒙面人为民除害，没人深究此事。

少爷名声越来越大，给他带了不少麻烦。有人故意中毒，奄奄一息前来求医。少爷神奇般救活了他们。

其实，少爷最擅长解毒。

十八岁那年，少爷救了一中毒少女。这次救人几乎改变了少爷的一生。

他救了大恶人的女儿。四川唐门下的毒。

这次，蒙面人没有杀死少女。因为少爷爱上了她。

四

小姐十六岁时已亭亭玉立，上门求亲者络绎不绝。

小姐一个都看不上。小姐有意中人，但不是她的未婚夫。

小姐不习武，精音律。夫人对她千般爱护，连未来丈夫也是夫人精心挑选的。小姐的未婚夫是夫人义妹的儿子，名剑山庄的传人，名剑。

一次意外，改变了小姐的一生。那次，名剑与飞刀山庄管家的儿子比试，被管家的儿子无意伤中。比武受伤是常事，但那次偏偏伤了他的命根。名剑成了太监，小姐无法与他完婚。

名剑只想教训一个下人。一个下人不配和他的未婚妻坐在一起。

名剑挑战管家的儿子，是他一生最大的错误。

从此，飞刀山庄与名剑山庄不相往来。名剑技不如人，吃了哑巴亏，怀恨在心。

小姐喜欢管家的儿子，但她不敢表白。未婚夫出事后，她更不敢向父母说明心意。

每天上门求亲的人依然很多。

小姐心意已定，无法与心爱的人一起，就终身不嫁，在家陪双亲，孤独终老。

五

飞刀山庄的辉煌,管家功不可没。

在山庄,管家的地位仅次于夫人。

庄主封刀后,前来挑战的人都是管家接待。没人知道管家的武功有多高,除了挑战者。每个挑战失败者能有活命,因为他们答应保守一个保密。

江湖传闻,管家的武功不在庄主之下。管家依然很低调,他愿意为山庄奉献一切,包括自己的性命。他的这条命,本来就是庄主给的。

少爷出生后,管家也生了一男孩,取名铁蛋。铁蛋的出生给庄主带来了一丝希望。他决定将飞刀绝技传给铁蛋。除了管家,没有人知道这事。

十八年后,铁蛋尽得庄主绝技。庄主感叹,飞刀后继有人。

铁蛋与名剑一战,铁蛋一夜成名。庄主干脆收铁蛋为义子,将金飞刀传于他。庄主深信,少爷与铁蛋情同兄弟,铁蛋一定会保护少爷。

铁蛋与小姐从小青梅竹马,情同姐弟,他不敢越雷池半步。小姐决定不嫁后,他也决定终身不娶,捍卫山庄。

只有那把金飞刀陪他一生。

六

庄主一定不知道,其实少爷不需保护,他的武功不在铁蛋之下。蒙面人就是他。神医为不让少爷受飞刀山庄盛名所累,向庄主撒了一个善意的谎言。神医不但教少爷医术，也教他武功。

后来，少爷与那中毒的女子结为夫妇，过着快乐自在的田园生活。

庄主过世后，铁蛋成了飞刀山庄的新庄主。他依然每天面对挑战者。有人说，他的武功已在老庄主之上。铁蛋对小姐毕恭毕敬，像亲姐姐一样照顾她。铁蛋与小姐虽孤独终老，但他们过得开心，至少他们可以每天与心爱的人在一起。

我是谁？

我就是那把金飞刀，见证了飞刀山庄百年的酸甜苦辣。

多年以后，我又回到小少爷的手中，他像一代又一代的飞刀传人一样，挑起捍卫飞刀山庄的重任。

死亡游戏

晌午,我忽然醒来,发现自己躺在山谷的小亭中,身边还躺着四个人。

亭子的石台上放着一张字条,上面写着"这是一个游戏,只要你走出山谷就赢了"。同时生擒江湖五大高手,并不是一件容易的事,我们五人都不知道怎样来到此地。游戏的主人想必是相当的可怕。

同被抓来的还有司马、欧阳、唐唐和扬扬,每一个人背后都有一段惊动江湖的故事。司马十六岁轻功就已独步天下,潜入皇宫偷尚方宝剑,第二天原样送回;欧阳十五岁就用一对拳头击败武当七子,十年来未遇对手;唐唐的唐门暗器无人敢惹,据说第一快剑就是死在她手下;扬扬一出道就用长剑挑战江湖三大剑客,一招制敌。

我们五人静静地围着石台。司马看着纸条,不屑地说,凭什么要我参加他的游戏,我要走了,说着轻烟一般不见了。

我叹了一声,司马的轻功越发厉害,可是脾气却一点没变。

扬扬瞪了我一眼说,那你的脾气呢,这么多年来改变了多少? 温柔的双眼忽然充满恨意。

这时,唐唐惊叫一声,你们看,那是什么? 一只老虎口里咬着司马慢慢走过来,司马的双腿却被齐齐切断,好狠啊! 唐唐发出蚊须针打中老虎,但司马已断气。

欧阳紧握双拳,为什么要这么残忍？还有一点江湖道义么？声音在山谷回响。司马和欧阳一直情同兄弟,司马死得这么惨,这个仇他一定会报的。他擦干眼角的一滴泪,一步一步地走出去。

忽然,我觉得背后很冷,仿佛周边都布满那人的眼睛,他是我平生遇到的劲敌,无论武功还是智慧。唐唐和扬扬死死地望着远方,仿佛已进入游戏的角色,准备随时出手。

没多久,远远地看到一只老鹰飞过来,它嘴里叼着一双手,那是一对紧握的拳头,欧阳的拳头。我控制不了内心的气愤,飞出一刀,击中老鹰,欧阳的双拳重重地落在司马的身边。

我们三人相互看了一眼,谁也没出声,此时言语是多余的。游戏已经开始,不管我们是否愿意参与。只有我们三人团结一致,才可能打败他。

我望了扬扬一眼,内心忍不住愧疚,为了一个无聊的理由,让她等了十年。十年来,思念已经麻木了她的神经,以至她发出要取我性命的江湖传闻。在她慌乱而坚定的眼神中,我看到了她的爱意。

此时,我看到了唐唐毒毒的眼神。司马和欧阳一直追求着她,但她连看都不看他们一眼,一直暗恋着我。十年前,我们五人都是朋友,十年后,要不是游戏主人,真的很难聚在一起。

司马和欧阳已经相继死去。死亡游戏,真的要我们都死亡?要我们葬身山谷?

山谷那边,传来了声声的狼嚎,在山谷回响着。

天色渐渐暗了下来,我们三人一动不动地站着。大家都清楚,与其白白去送死,还不如等待敌人出现。这种被当作猎物的感觉,压心底令我感到心寒。夜色中,我忽然感觉有无数只眼睛在看着我们。

游戏才刚刚开始!

扬扬忽然问我,十年来,你为什么一直不肯去找我?

我深深吸了口气,深情地说,这么多年,我一直在担心你,只是人在江湖。大家都知道,或许过了今晚,这句话都说不出来了。我看到唐唐全身颤抖了一下,她愤愤地对我说,那你十年来,有没有理会我的感受? 为什么不来个一刀两断更干脆!

唐唐匆匆跑了出去,我想阻止已经来不及了。黑夜中,仿佛一只只眼睛望着我,我发现自己的手心在出汗。

不久,远远传来一声惨叫声,我们不禁同时叫了出来,唐唐!又一个人在游戏中失去了生命。我的心在下沉、下沉,这个游戏到底要残忍到什么程度? 到底是谁有这个权力鱼肉我们? 我仿佛体会到当年那些被我们挑战的高手临战前的心情, 就像一只走向屠场的羔羊。

我忽然有一种冲动,冲过去一把抱着扬扬,激动地说,其实我一直都爱着你! 扬扬全身颤抖着,断断续续地说,我……也爱……你!

山谷那边,又传来了声声的狼嚎。

我们十指紧扣,我充满斗志地说,哪怕是死,我们也要在一起! 忽然间,我觉得内心充满了力量,死亡游戏不再那么可怕了!

忽然,我发现司马站在亭外嗤嗤地笑,唐唐和欧阳手牵着手慢慢走来,唐唐含情脉脉地望着欧阳。

原来,我和扬扬才是这场游戏的主角。

复　仇

我连夜赶回飞刀山庄时，父亲已经不在人世。

是绝情剑杀了我父亲的。我决定挑战绝情剑，为父亲报仇。

当我马不停蹄赶到名剑山庄时，吴管家告诉我，绝情剑昨晚已经暴毙，无法接受我的挑战。我不信，这一定是个阴谋。

我留下了战书，绝情剑的传人，一定要应战。三个月后，月圆之时，白云山顶。

本来三个月后，是我的大喜之日。父仇不报，我不能先儿女私情。我答应未婚妻扬扬，决战之后一定去找她。其实，我也没把握战胜绝情剑的传人。

因为，我不知道，谁是绝情剑的传人。江湖中，没有人知道绝情剑的传人是谁。

百事通司马问我，这次应战有几成把握。我说，只有一成。司马摇摇头说，以你现在的功力，在江湖十大高手之列，但是对方是谁，你一点都不了解，这无疑是最致命的。我知道，敌在暗，我在明，这是我最大的弱点。

司马答应一个月内帮我找到他。还给我出了一个计策。

几天后，我消失了。没有人知道我去哪里。我只留下一句话给未婚妻扬扬，如有万一，在家门挂出红灯笼。我丝毫不怀疑霸王枪保护自己女儿的实力。

决战前一天，司马找到我，还告诉我这三个月搜索的结果。

结果在我的意料之中,没有人知道他是谁。我的心开始悬起来,明天就要决战了,但对方是谁,我一点也不知道。

司马还带来扬扬的一句话,今晚想见我一面。

我在白云洞闭关三个月了。为了明天的战斗,我无时无刻不在准备。但明天一战生死未卜,该不该去见见扬扬呢?司马摇摇头说,去见见她吧。

我也动摇了,当晚去了霸王府。扬扬一见到我,就流下两行泪,她轻轻说,伯母来找我了,说明天如有什么三长两短,你们飞刀山庄就无后了,还跪下求我……

我仿佛看到母亲下跪时,矛盾痛苦的心情。我问扬扬,你答应了?

扬扬苦笑,我有不答应的理由吗?

我也没有拒绝扬扬的理由。飞刀山庄还要继续下去,不管我明天战果如何。

我离开霸王府时,心里很矛盾。十年前,父亲送我上山跟两位师傅学武功,还告知我,不管家里出现什么事,都不要轻易下山。就在我学艺下山的前一天,父亲竟然死在绝情刀的手下。这是不是一种巧合?几十年来,竟没有一个人知道绝情剑的传人是谁,或者,绝情剑本来就没有传人?

三个月前,司马叫我消失三个月,是不想我让对方找到破绽。以司马在江湖的实力,竟然无法找出他,这多少有点让我惊讶,虽然我在心里早有准备。司马走前,向我说了句话,听起来有点无厘头,但是我还是很在意。毕竟是司马三个月来得到的唯一信息。

司马说,可能是个男人。没有理由,没有任何依据的一句话。我点点头,感激望着他的背影,为了这个消息,司马这三个月来不知道花了多少心血,走了多少地方。为了他这份友谊和期待,我也不能失败。

约定时间已经过了三个时辰。没有人来应战。难道绝情剑真的没有传人? 我不死心,我会等待的,一定要为父亲报仇。

有人往我这边走来了。是他吗? 我的手心慢慢渗出汗。

脚步声近了,是个高手。那人走近了,不是他。是绝情剑的吴管家。我冷冷说,你不是来告诉我,名剑山庄没人来应战吧?

吴管家说,我是来送信的,我家主人生前说过,如你来挑战,应战时,把这封信给你。

我读完那封信,终于明白司马为什么千山万水都找不出他了。但司马说得对,他是个男人。

他就是我! 原来,我一直想挑战的人,就是我自己。

那信里说,名剑山庄和飞刀山庄世代不来往,且武功不外传,绝情剑和我父亲表面上誓不两立,其实暗地里是好友,绝情剑没有子女,两人约好在山上做我的师傅,教我武功。两人是在创新招式中无意中伤到对方的,最后便将新创的刀剑谱送给我。

十个月后,扬扬生了一对双胞胎。我给他们起名,一个叫阿剑,一个叫阿刀。阿剑满月后,我将他送到了名剑山庄。绝情剑总算有传人了。

杀手与刀客

我是一个无名的杀手,在组织里地位相当低微,连看门的老头也看不起我。

我大部分时间都在昏昏欲睡中度过的,除了有时出去帮大人物买点酒菜,没有人会记得我。我的生意很少,只有组织全员出动,缺乏人手时才会想到我。除了睡觉,我一般都在那片竹林里练刀法。

我已经不记得怎么杀死第一个人,怎么加入组织的。我本是一名书生,功名才是我的目标。杀手绝对不是我的人生追求。

近来,组织的大人物经常通宵开会,听说江湖出现了一个刀客,专门对付组织的杀手。三个月来,已经有 13 个杀手死在刀客的刀下,包括组织的 3 号人物夺命剑。夺命剑被抬回来时,我刚好在大厅打扫卫生。2 号人物看着夺命剑的伤口,惊讶地说,又是左手断魂刀! 到底是哪里得罪他了? 我忍不住看了一眼,夺命剑的剑还未出鞘,好快的刀!

组织开始不安,最近连生意都不敢接了,因为出去必死。大部分人都躲在大厅喝酒,累得我每晚要跑出去买几次酒。我不喜欢这样的生活,我开始讨厌那个左手刀客。

过了一段日子,江湖慢慢平静。为了振奋大家的斗志,2 号人物亲自出手接了一单生意。那晚,2 号人物在大厅动员大家,他手里端着一碗酒,激扬地说,为了组织的生存,今晚我亲自出马,大家等我的好消息!

我听看门的老头说,2号人物已经整整15年没有出马了。我有点同情他,为了组织,他义无反顾地走了。

那晚没有一个人喝酒,我早早回去睡觉。2号人物也是在我睡觉的时候被杀的,杀他的人是左手断魂刀。

2号人物死后,大家觉得群龙无首,但是头号人物大家都没见过。看门的老头拿出一封信说,这封信是昨晚头号人物留下的。信里说,头号人物一直在大家身边,等他亲自杀了那刀客,再带领大家重振组织。大家听了很振奋,知道头号人物没有放弃组织。

我心里纳闷,昨晚我一直和老头一起,怎么没看到有人送信来。我没说,我不想没命,算命的说我可以活到九十九,但要我记住多干少说。

那晚我回来晚了,大厅里斗志冲天,因为头号人物在信里说,今晚他接了一单生意,就是去挑战刀客。在大家的心目中,头号人物是一个神,神是不可战胜的。打败了刀客,大家就可以开始新的生活,个个脸上充满了喜气,眼神充满期盼,仿佛头号人物已经胜利归来。

希望越大,失望就越大。整整一天了,还没有头号人物的消息。有人在山上找到看门老头的尸体,也是被刀客杀死的。在老头的身上还搜出好几份和头号人物一样字迹的信笺。

头号人物死了!这个消息震惊了整个江湖,组织一片混乱,没有人站出来主持大局,大家你看看我,我看看你。其实我已经偷偷接了一单生意。我站出来说,今晚我去挑战刀客!

大家有的叹息,有的摇头……我大胆地说,我今晚就去杀死那个左手刀客,你们等我的好消息!大家对于希望已经麻木,我走时听不到任何欢呼声,而是一片死寂。

　　我是怎么杀死那个刀客的已经无关紧要,因为我现在已经是组织的头号人物。接下来的大部分时间,我都在昏昏欲睡中度过,偶尔我还是会到那片竹林去耍耍我的刀法。

一次引发江湖血腥的断臂

司马剑,擅长剑,出道以来,败敌无数,江湖兵器新排名谱第二。排名第一的是不问世事的少林空虚大师。

挑战司马剑的人,要提前一年预约,才能有机会踏进神剑山庄的门槛。

一天,神剑山庄忽然声明,庄主不再接受任何挑战。大家议论纷纷,司马庄主一向不拒挑战者,为何会出此声明?

江湖传闻,司马庄主已经无法握剑,他的右臂断了,几天前被一位无名氏斩断了。

这个消息很快传遍江湖每个角落,大家都在猜测,这位无名氏究竟是何人,武功竟在司马庄主之上,一般切磋武艺,点到即止,无名氏是不给司马庄主一丝机会了。

不久,有十个人同时发表声明,对司马庄主的右臂负责。这十人都是用剑高手,都是新一代的武林新秀。

百事通笑道,简直胡闹,就算十个人联合起来,也未必是司马庄主的对手,好戏还在后头呢。

百事通的猜测是对的。发表声明的那十人,都相继在几天内死于别人剑下。有更多的人站出来说,对十个人的死负责。

江湖上下,一时间陷入一场混战。只要有人站出来说,杀死了一名高手,第二天就会被其他人杀死。

少林空虚大师受五大掌门所托,上门拜访司马庄主。司马庄主断臂不假，他叹口气对空虚大师道，我本想跳出这个是非之圈，没想到江湖竟因我而乱。

司马剑在空虚大师耳边悄悄说了几句，空虚大师大吃一惊，竟是这样……唉！或许一场江湖血腥就要开始了。现在无论司马庄主如何解释都无济于事，哪怕是说出谁断了他的右臂。

空虚大师建议，与其这样混战，还不如正式举行武林大会，各大门派参加比武。

司马剑点点头道，如今也只能这样了，无门无派的也可登记参赛。

轰轰烈烈的武林大会就要开始了。当然，还是无法阻止有人继续死在其他人的手下。

武林大会不得不发出声明，在召开大会期间，不得私自比武，否则取消参赛资格，各大门派务必管好自己的门下。

新规定起到了一点点作用。但很快，决斗转为地下，每天还有人死在比武中。

慢慢地，决斗少了，大家开始备战武林大会。大家开始猜测谁能在武林大会上夺魁。有人开始开盘投注了。

英雄出少年，投注前十名的都是各大门派的名门之后。各门派积极备战，大家都想在比武中拿天下第一，光宗耀祖。

投注热门排名第一的是司马剑的独子，司马小剑。有人大胆推测，老庄主的右臂就是他砍断的。有人猜测，司马小剑已尽得老庄主的真传，会成为新一代的天下第一剑。

但谁也没见过司马小剑，除了几大门派的掌门人在他满月时见过。老庄主从不轻易让他露脸，一是保护学艺未精的他，免遭仇人伤害；一是避免他被人利用，危害武林。

年轻的心是关不住的。司马小剑失踪了，这个消息是百事通散播出来的。百事通还透露出一个秘密：司马小剑不想参加武林大赛，离家出走了。

投注排行榜马上风云突变，司马小剑排名跌到最后。有人反驳，这是大庄家在散布不利消息，名剑山庄绝不会允许在新一代中没落的。投注榜又发生变化，司马小剑再次回到榜首。

召开武林大会的日子越来越近了。

司马庄主的心却越来越沉重了。外面传言是真的，小剑不见了。有一件事却是千真万确的，这场武林血腥却是他无意中导演出来的。

司马庄主的右臂是自断的，他本想以这种方式拒绝挑战者，没想到却带来一场更大的武林浩劫。

空虚大师无奈道，一切都是定数，该来的总会来的。

不过有一点，司马庄主是很自信的，司马小剑的剑法已经不在他之下了。司马小剑离开时，留下一句，我去找断你右臂的人。

江湖中一场腥风血雨马上又要开始了。

阿建的理想生活

没人知道他叫什么名字，也没人知道他从哪来的。

甲子村是海边的一个偏僻小渔村，村民世代以打渔为生，生活自给自足，平时很少有外地人来此，村民讲潮汕方言，外地人一般难懂。他的出现，引起了甲子村一个人的注意。

那个人就是陈伯。陈伯是甲子村唯一见过世面的人，年轻时曾走南闯北，六十岁才回到故乡。他是村里少数能说官话的人之一。

陈伯尝试着和他对话。陈伯有点耳背，听不清他叫什么，好像叫阿建，还邀请陈伯去他家做客。陈伯一生未婚，看到他面目清秀，身体健硕，很喜欢，执意要认他为干儿子。他也不推托，开心叫陈伯为干爹。

街坊们都来祝贺陈伯，说是他上辈子修来的福气，老了还能有一个这么好的儿子。陈伯笑得嘴都歪了，紧紧抓住他的手，逐一向大家介绍，我的干儿子，阿建。

阿建微笑点头问好，始终没怎么说话。其实他也不知道，明天会在哪里，甲子村究竟是个终点，还是个起点。

陈伯喜欢下象棋，阿建就每天陪他。甲子村民风简朴，大家打来的鱼相互赠送，吃不完的就制成咸鱼、晒成鱼干，拿去换生活用品。陈伯善吃鱼，用清水煮小鱼仔，蘸酱油下酒。陈伯的生活过得简朴，阿建也没太多要求。

有空时，阿建也到岸边帮忙抬鱼。他话不多，面带微笑，干活卖力，村民很喜欢他。有几个女孩还暗地里喜欢他呢。

一到夏天，甲子村经常有台风袭击。村民不敢出海，将船停靠在港口，待天气转好再出海。台风和暴雨无情撕打着渔船和小屋，每次台风暴雨过后，都会损失几艘船，倒掉几间房子。

阿建不解，问村民，为何不另找个地方避开台风？村民笑笑说，祖祖辈辈在这生活了，都几百年了，对这儿有感情了，好像根在这儿一样。

阿建若有所思，喃喃自语，根在这……生死在这。他遥望远方，想起了家乡的老父亲，想起生活二十多年的家。小渔村的幽静简朴生活，是他一直追求的理想，但能维持多久呢，他不想，也不愿意去多想。

那晚，他喝多了，说了很多胡话。陈伯隐隐约约听到，我不要去争什么天下第一……我不想去……只想平平淡淡过。陈伯自言自语，孩子啊，我知道你心里藏着很多秘密，心里很苦，想干啥就干啥去吧。

第二天，阿建醒来后又恢复了平时的笑脸，陈伯看得出来，其实他的内心很痛苦。陈伯试着问他家里的情况。他支支吾吾说，母亲早逝，老父亲在家，其他的也没多说。

阿建依然每天陪着陈伯下棋，陪陈伯喝喝小酒，有空时也会去海边沙滩走走，看着一望无际的大海，他忍不住感叹，我不过是大海中的一滴水而已，没有那么大的力量去改变什么，说完才发现自己已经泪流满脸了。

平静是短暂的，该来的终该会来的。一个深夜，一个蒙面人找到他，威胁他说，你不离开这里，全部村民会因你而死。

阿建忍不住想出手，对方仿佛看出他的意图说，你杀了我也没用，我已经通知其他人。阿建双手紧握拳头，眼发青光，咬牙切齿说，我走，但如果村民有事，我一定会将你们碎尸万段，最后还加了一句，我说到做到！

阿建站在甲子村高高的雷公石上，最后看了一眼甲子村，心里下了狠心，走吧，不走一定会连累整个村子的。但要去哪里，他也不知道，一路往东吧。

阿建走了的消息，第二天就传遍整个渔村，很多人叹息、摇头，只有陈伯知道，这个小村容不下他的。

根据甲子村谱记载，五百年来，村民一直平安，无人骚扰，这是后话。

不仅是"仅限于此"

——论陈树茂小小说

徐威

　　纵观陈树茂这十年来的小小说创作，他在初学阶段也写过相当一部分的故事。坦白说，相比于其他小小说创作者，陈树茂的创作起点显然更高。虽然是一个理工男，但他自幼爱好文学，文学功底比大部分的文科男更为深厚。2006 年他的处女作《相亲》能在《惠州日报》刊发便是一证。《相亲》讲述了老徐三次失败的相亲经历，首次失败源于对方嫌弃老徐太胖，为此老徐努力健身，保持良好身材；第二次失败，对方嫌弃老徐不善应酬；第三次相亲老徐口若悬河，表现出众，一切似乎完美，然而对方却说："条件这么好的男人，三十五六岁还不结婚，估计有问题。"初次出手的陈树茂已经较为娴熟地运用了重复、对比等小说技巧，作品欧·亨利式的结尾也令人哑然一笑。我们可以说，这篇小小说书写了当下社会的一种怪癖心理，书写了一种社会病象，其水平不差，但也仅限于此。《一百块哪去了？》《宝宝不见了》《跑步》《8号》《橘子丰收》《小巷深处》等作品与《相亲》类似，通过一个短小的故事，在文章结尾处给人以一种反差，并通过这种反差表达创作者的创作意图，水平不差，但仍然是仅限于此。在陈树茂初期作品中，"仅限于此"的小小说作品还有不少。当然，对于一个初学者而言，这也是极为正常的事情。

我更偏爱陈树茂《七月七日那天发生的几件小事》《寻找优良血统》《寻找王羲之》《一碗猪肉》《醒来之后》《选美男》《另类服务》等作品——它们不能用"仅限于此"四个字简单地进行评判。

《七月七日那天发生的几件小事》引发了我们对历史以及如何看待历史的思考。这篇小小说看似无技巧，实则是大巧不工、重剑无锋。小小说选取了在七月七日那天发生的几件小事：一是徐三从南京出差回来，给我带来一只咸水鸭；二是我拒绝坐徐三的本田车（日本品牌），走路回家；三是在回家路上，看见几十人在寿司店排队买寿司；四是在路上听到几个年轻人在争论七月七日是南京大屠杀还是占领上海，最后有人说那是中国情人节；五是女儿吵着要吃寿司，我不满，女儿哭泣，妻子愤怒与我吵了一架；六是妻女出门吃寿司而我只能自己做菜，煮了咸水鸭。这六件小事看似平常无奇，但却是陈树茂精心挑选——它们一旦与七月七日这一特殊日期联系在一起，便形成了一种巨大的张力。在小说的结尾，陈树茂写道："今天，是 2007 年 7 月 7 日。七十年前的夜晚，日军借口一个兵士失踪，要进入北平西南的宛平县城搜查，中国守军拒绝了这一无理的要求，日军开枪开炮猛轰卢沟桥……""六件小事"与"七月七日"这样惊天动地的大事变联系在一起，形成的力量令人动容。七月七日卢沟桥事变开启了日军的侵华之战，而在七十年后，我们似乎已经彻底遗忘了这一段悲惨历史。作品中所举的种种小事，无一不透露出我们对于历史的无感与无知。而这种对待历史的无感、无知在我们的现实生活中实在太多。这是一种悲哀。在这篇小小说中，陈树茂没有夸张的"大声疾呼"，没有动容的"语重心长"，而是以流水账式的日常叙事完成了对这种无知、无感的批判。读者读完之后，自有一种扪心自问，自有一段记忆在脑海中涌现而出，自有一股悲凉、羞耻、气愤萦绕心头。

《寻找优良血统》披露了一种独特而普遍的国民劣根性。这篇小小说创作于 2011 年，刊发在《汕尾日报》，但却没能入选当年任何一个小小说年选的选本。这实在是一种遗憾——在我的判断之中，这是陈树茂目前最好的小小说作品，没有之一。作品中的"我"不甘于自己的祖先是一个农民，因而不断地去追寻自己的血统。在"我"的想象中，"我"的祖先应当是英雄，应当是大人物。所以"我"不断去寻找祖先的信息，慢慢将祖先由农民变成了武林高手。然而，隔壁村习武的老人却说，"我"开武馆的祖先后来因抽鸦片而沦落为农民。这一点让"我"感觉到羞愧，因而坚决不承认、不相信。"我"甚至想，追溯到唐宋时期祖先可能是侠客、游侠。而当父亲终于告诉"我"在宋代似乎有个祖先做过县太爷之类的官时，"我终于可以理直气壮地说，我们的祖先不是农民。当然，这个结果还不是我最满意的。我还会继续寻找，直到证明我身上流的是优良血统为止。"小说中的"我"不断寻找、臆造自己优秀的祖先，实质是一种血统论在作祟。一种优秀的血统能给"我"带来什么呢？仅仅是一种虚幻的虚荣心罢了。进一步思索，为什么作品中的"我"如此执着于寻找优秀血统，不断臆造自己祖先的大人物身份？为什么"我"如此需要这种虚荣心？自己只是农民的后代，祖上没有光辉事迹，没有英雄传说，这令"我"深深感受到自己只是一个小人物。寻找的根源在于"我"内心深处的自卑。农民后代身份不能给"我"带来任何的底气、尊严与荣耀感。为了破除这种身份焦虑，为了以后能够挺直腰杆站立于人前，"我"就必须不断地为自己寻找更好的出身。当然，这种寻找也只是"我"的一厢情愿。"我"始终体现出一切都是理所应当、原本如此的姿态，但归根结底，仍是自欺欺人、自我意淫。哪怕"我"最后寻找到祖先曾经是王侯将相，那又会怎么样呢？只会令人想起鲁迅笔下阿 Q 说的那句"我们先前——比你阔的多啦！""我"以一种异常严肃的一本正经的姿态去意淫，作品中的荒谬感、可笑感与批判力量便由此显现出来。这篇作品中的"我"具有相当的典型性，"我"身上所暴露出的劣根性也决然不是"我"一个人的，而是整个国民劣根性。除此之外，这篇作品的复杂性还在于，它给我提供了好些不同的思索点：为什么"我"对农民如此不齿？农民就只能被人嫌弃么？"我"在追寻先祖过程中，好事占为己有坏事坚决不认的姿态又有着怎样的意义指向？凡此种种，都是我喜爱这篇作品的原因。此外，《寻找优良血统》在叙事上远远超越了陈树茂其他的小说作品。在陈树茂的其他作品中，雕刻、打磨的痕迹不时可见，而这一篇作品则更像是浑然天成。"清水出芙蓉，天然去雕饰"。一篇千余字的小小说作品在内容上有着如此复杂性、指向性，在叙事上又呈现出令人舒适的自然之美，我因此确认《寻找优良血统》的优秀——这样的作品是有分量的，它以"轻"承"重"，它就是陈树茂目前最好的小小说作品。

　　《一碗猪肉》《醒来之后》书写的是底层人民的苦难与血泪。对底层人民的关注、书写一直是陈树茂小小说创作的一个重要方向。《我是保姆》《仙草》《还是跳了》《进城》等作品均属此类。但论文学艺术性与现实批判力度，还是《一碗猪肉》和《醒来之后》更佳。《一碗猪肉》中，"我"以能够在非过年过节时期吃上一碗猪肉而高兴不已，但却不知，这每一碗猪肉都是死去的矿工的"肉"。而当我有一天终于亲口吃下了父亲的"肉"，并知晓真相，那种欢喜霎时间化为了一种无与伦比的痛恻。作品的悲凉还不止于此——"我"最终顶替了父亲的工作，而"我"的肉最终也会给自己的小孩吃。这种毫无选择的命运悲剧将小说的意蕴指向了更为广阔的天地。这篇作品承接鲁迅的"吃人"主题，书写了矿工的无奈与悲凉，令人感慨万分。《醒来之后》中，"我"和大牛在隧道劳作时发生塌方意外，大牛死去而"我"成了瘸子。小说的高潮在于结尾处两个女人的对话："一个说，听说上次那个才赔了十五万，可惜我家大牛就这样去了！另一个说，至少你还拿了二十万啊，我家小三钱没赔着，还成了瘸子，还不如……"女人的话让"我"呆住，同样也令读到此文的读者们愣住。我们对女人的想法不予置评，而应当思索，当女人说出这样的话语之时，谁该感到羞愧？

《寻找王羲之》中书法由一种艺术变为一种社会工具的畸形变化，《选美男》中对于官场弊病的幽默揭露，《另类服务》等借奇葩的生活服务暗示着城市人的现代性孤独等也都令人眼前一亮。这些作品，我们无法以"仅限于此"为最终判断，它们的意蕴指向广阔而独特，都具有"重"的特质。

陈树茂并不是一个专业作家。在绝大部分的时间里他以一个高级工程师的身份出现在地铁建设工地里。我们可以把他看作是一个彻彻底底的理工男，然而，这个理工男心中却内含着对艺术的敏感与柔情。从 2006 年处女作《相亲》的产生，到近百篇小小说在《羊城晚报》《南方日报》《小小说选刊》《微型小说选刊》

发表并多次入选中国各类小小说年度选本，再到《醒来之后》《一只食素的狼》《1989年的春节》三本小小说作品集的出版，陈树茂的小小说创作取得了相当的成绩。我们期待陈树茂创作出更多的、无法用"仅限于此"四字简单评判的优秀作品。

（作者系广东省作协会员、中山大学中文系2015级博士研究生）